JN113364

「聞いたよ。
探索者になるんだって？」
朱野城芹香
悠人の幼なじみ。
Sランク探索者

フレイムランス！

CONTENTS

Hazure skill "Nigeru" de
Ore ha kyokugen tei level no mama Saikyou wo mezasu

「いた」

俺はダンジョンの奥に捉えた気配に向かって「簡易鑑定」を使う。

トレジャーホビット　Lv21

よし、Wikiにあった通りだな。

「簡易鑑定」では名前とレベルしか見えないが、基本的な情報は頭に叩き込んできた。

大事なのは、「トレジャーホビットLv21」の撃破時獲得SPが11だということ。このレベル帯のモンスターの中では頭一つ抜けている。

しかも、レベル1の俺とは20ものレベル差があるから、獲得SPにはボーナスがつく。

その補正倍率は……なんと3倍。一体倒すだけで33ものSPが手に入る。

今の俺にとっては最高に「美味しい」獲物だってことだ。

でも、ここはCランクダンジョン。決してうまい話ばかりじゃない。

金色のずた袋を担いだ小人の脇を固めるように、岩でできた巨大なゴーレムが二体、立っている。

「ロックゴーレムLv23」。岩石でできた身体は見た目通りにタフで頑丈。HPも高ければ防御力も高く、攻撃力も侮れない。

そのくせ、撃破時にもらえるSPは8。レベル差補正を含めても24。

俺にとっては「不味い」敵だ。

しかし、そこまでは情報通り。作戦を変える必要はない。

「さあ、いくぜ」

俺はつぶやき、予定通りにスキルを発動する。

Skill――――――――――――――――――――

古式詠唱1

特殊な呪文を唱えることで、(50－S.Lv×10)%詠唱時間が延びる代わりに魔法の威力が2倍になる。

――――――――――――――――――――

Skill――――――――――――――――――――

強撃魔法1

消費MPが(S.Lv×10)%増える代わりに魔法の威力が(S.Lv×15)%上がり、ノックバックが発生する。

――――――――――――――――――――

Skill――――――――――――――――――――

先制攻撃1

こちらに気づいていない敵に対する与ダメージが(S.Lv×20)%増加する。

――――――――――――――――――――

Skill――――――――――――――――――――

先手必勝1
ファーストアタックの与ダメージが（S.Lv×20）％増加する。

Skill――――

先陣の心得1
戦闘開始後（S.Lv×10）秒間与ダメージが1・5倍になる。効果時間経過後、（S.Lv×10）秒間与ダメージが2／3になる。

これから発動する魔法の威力は、
×2×1.15×1.2×1.2×1.5。
実に4・968倍にもなる計算だ。

「増し増し増し増し増し増し増し増し――フレイムランス！」

カッ！　と赤熱した炎の槍（やり）が、トレジャーホビットへと放たれる。
槍はトレホビの小さな胴に着弾、爆裂する。
的が小さいから当たるかどうか不安だったが、高い幸運値のおかげか、無事標的に命中した。
トレホビは悲鳴を上げる暇（いとま）すら無く灰と化し、風に紛れるようにかき消えた。

「よしっ！」

俺はガッツポーズを取ると、即座に反転し、敵から遠ざかる方へと走り出す。

といっても、逃げようとしてるわけじゃない。

——ただ、敵に背を向けて全力疾走してるだけだ。

……いや、悪い。今のは冗談だ。

見ておわかりの通り、俺は全力で「逃げ」ている。

敵に背を向け、なりふり構わず、武器を収めて両手を振って、全身全霊で「逃げ」ている。

いきなり仲間が消し炭と化したことで、残るロックゴーレム二体が俺に向かって動き出す。

だが、次の瞬間、二体のロックゴーレムは足を滑らせて転倒した。

その原因は、ダンジョンの床を這うように広がった氷の膜だ。

フレイムランスを放ってから着弾するまでのあいだに、俺は「氷床」の忍術を使っていた。

名前の通り、地面を薄い氷で覆うだけの初歩的な術だ。

重量があって敏捷の低いロックゴーレムは、氷の床で見事にすっ転んでくれた。知能も低いので、起き上がってはまたコケる。

そのあいだにも、俺は全力で「逃げ」ている。

俺の現在の敏捷をもってすれば、十メートルは一瞬だ。

しかし、十メートル後ろまで「逃げ」たところで、俺は透明な壁に行く手を阻まれた。

走っても走っても前に進まない。見えないバリアで押し返されているような感覚だ。

同時に、俺の視界の真ん中に、半透明のアナログ時計が浮かび上がる。俺が「逃げタイマー」と呼ぶそれは、俺を焦らすようにじわじわと針を進めていく。

「う、お、おおお……！」

俺は全力で「逃げ」続ける。背後でロックゴーレムが起き上がるのがわかったが、「逃げ」ているあいだは他の行動が一切取れない。

氷の床を重量でぶち抜きながら俺に迫ってくるロックゴーレム。

最低限のＨＰは確保してきたが、あんなデカブツの一撃を無防備な背中に食らいたくはない。

永遠のように感じられる時間が過ぎた。

永遠のように、といったが、正確に二十五秒だということはわかってる。

「氷床」による足止めと、ロックゴーレムの鈍重さ。いずれが欠けても手痛い一撃を食らってたことだろう。

だが、俺は「逃げ」切った。

逃げタイマーの針が0を指した瞬間、見えない壁が消滅した。勢い余って数歩走ってから振り返ると、俺はロックゴーレムから十メートル以上離れた場所にいた。

二体のロックゴーレムは元の位置に戻ってる。そればかりか、倒したはずのトレジャーホビットまでもが最初の位置に「復活」していた。まるで、さっきまでの戦いなんてなかったかのように。

《「逃げる」に成功しました。》

《経験値を得られませんでした。》
《SPを33獲得。》
《6930円を獲得。》
《3326円を落としてしまった！》

「……ふう。うまくいったか」

美味しい敵だけを倒し、不味い敵は残して「逃げる」。

これが、俺の編み出した最強効率のSP稼ぎだ。

「逃げる」というハズレスキルを授かったときには神を呪ったが、今では大いに感謝している。この稼ぎが使えるのは世界でも俺だけかもしれないんだからな。

「さあ、先は長いぞ」

といっても、あとは今のパターンをひたすら繰り返すだけだ。

トレホビが一撃確殺で、ロックゴーレムへの足止めも成功。この条件が満たせるなら、危険はほとんどないと言っていい。

残るは根気の問題だけだ。

俺はさらに「逃げ」続ける。

それはもう、嫌というほど「逃げ」続ける。

《残りSPが10000を超えました。新たなスキルが取得可能です。》

「いよっしゃあああああ！」

さっそくステータスを開いてみると、

Status

蔵式悠人
レベル　1
HP　1607／1607
MP　834／834
攻撃力　434
防御力　357
魔　力　2765
精神力　2380
敏　捷　4749
幸　運　2865

・固有スキル
逃げる　S.Lv1

・取得スキル
【魔法】火魔法2　風魔法1　水魔法1　氷魔法1
雷魔法1
【特殊能力】忍術1　毒噴射1
【戦闘補助】MP回復速度アップ1　強撃魔法1
高速詠唱1　古式詠唱1　魔法クリティカル1
回避アップ1　ノックアウト　自己再生1　分裂1
サバイブ　先制攻撃1　先手必勝1　先陣の心得1
追い払う
【能力値強化】HP強化2　防御力強化2　魔力強化2
MP強化1　精神力強化1　敏捷強化1　幸運強化1
身体能力強化1
【耐性】麻痺耐性1　石化耐性1　睡眠耐性1
即死耐性1
【探索補助】簡易鑑定　アイテムボックス1　索敵1
隠密1

・装備
防毒のイヤリング
旅人のマント

SP　10011

「よぉぉぉぉぉし！」

待ちに待った、SP10000。

いろんなスキルの取得や強化を後回しにして貯めた貴重なポイントだ。

このポイントを何に使うのかは、当然ながら決めてある。

俺はスマホのアプリを開き、取得可能スキル一覧から目当てのスキルを選択する。

《スキル「鑑定」を取得しました。》

「やったぜ！」

さすがに1万は長かったな。オンラインゲームで心を虚無にしてレベリングする修行を積んでなかったら、きっと耐えられなかったことだろう。

俺は、たしかに敵からは「逃げた」。

ああ、「逃げ」たさ。

「逃げ」まくったさ。

でも、この苦行じみた稼ぎからは逃げなかった。

おめでとう、俺！

がんばったな、俺‼

今日は近所のスーパーで特上の肉でも買って帰ろうか。

……え？　さっきから、おまえが何を言ってるかわからないって？

たしかにな。

ダンジョンが日常と化したこの狂った現代においても、今の俺のステータスは規格外だ。

普通だったら、「鑑定」取得に必要な1万ものSPを貯める頃には、レベルもかなり上がってる。上のレベル帯で戦うには他のスキルも必要だから、「鑑定」のためだけにSPを取っておくのも難しい。「鑑定」を取れるのは、SPに余裕のできた高レベルの探索者か、戦闘能力を他のパーティメンバーに依存した「鑑定」専門の探索者くらいだろう。

――レベル1のまま、SP10000を半日で稼ぐ。

ダンジョン探索の常識がひっくり返るような大発見だ。

でも、この稼ぎは、今のところたぶん俺にしか使えない。

さて、もったいぶるのはいい加減にして、俺がこの稼ぎを見つけた経緯を語らせてもらおうか――。

01　雑木林ダンジョン（葛沢南ダンジョン）

逃げてばかりの人生だった。

その行き着いた先は、ひきこもり。

俺は現実から――世界から逃げたんだ。


しかしある日、世界が壊れた。


珍しく父が早く帰宅し、両親と俺で気まずい食卓を囲んでると、

「ねえ、悠人（ゆうと）。ずっと家にいるくらいなら、ダンジョンにでも行ってきたら？」

母がいきなりそんなことを言い出した。

俺は含んでいた味噌汁（みそしる）を吹きそうになった。

……だんじょん？

だんじょんって、ダンジョンのことか？

ＲＰＧとかでよくある？

なんでゲームをしない母の口からいきなりそんな単語が出てくるんだ？

もしかして、遠回しな嫌味だろうか？

たとえば、ダンジョンと呼ばれる新宿駅に行って就職活動をしてこい、とか、そういったよう

な。

……いや、いくら堪忍袋の緒が切れたとしても、さすがにそんなことは言わないと思うんだが。

返事に窮した俺は、母の隣に座る父へと目を向ける。

ところが、

「いいじゃないか。運動にもなるしな。それに、ダンジョン探索は男のロマンだぞ?」

父までもが、あっけらかんとそんなことを言ってくる。

「………は?」

としか言えない俺。

「は、とはなんだ。まさか、ダンジョンのことを知らないわけじゃないだろう」

「い、いや、ダンジョンって、ダンジョンのことか?」

「他にどんなダンジョンがあるんだ?」

父はそう言って、リビングのテレビに目を向けた。

ちょうどテレビでは、報道特番をやっている。

画面の右上には、

『増え続けるダンジョン。ｗｉｔｈダンジョンの時代をどう生きる?』

そんな狂った見出しが躍っていた。

「はぁ?」

呆然(ぼうぜん)とする俺を尻目に、番組は進む。

インタビュアーが、街行く人々にマイクを向ける。

Q：相次ぐダンジョン災害についてどう思いますか？

A：いやあ、大変だけど、もう慣れっこだよ。

と答えたのは、五十代くらいの気さくそうな中年男性。

A：怖いです。でも、避難するしかできないし……。

今度は二十代女性がそう答える。

A：政府は何やってんだ！　早く抜本的な対策を！

気負いこんでそう答えたのは、赤ら顔の新橋のサラリーマン。

カメラはスタジオに戻って、キャスターがダンジョン研究者を名乗る人物にあれこれと質問を投げかける。

「……ウソだろ？」

あ然（ぜん）として、ぽろっと箸を落としてしまう。

「まさか、本当に知らなかったのか？」

呆（あき）れ顔で聞いてくる父に、

「ご、ごめん！　ごちそうさま！」

俺は母に言って、家の階段を駆けのぼる。

自室に入って、つけっぱなしだったパソコンで「ダンジョン」と検索。

おそろしいほどの件数がヒットした。

大掛かりな冗談か、新商品のキャンペーンか？　最初はそう疑ったが、大手報道機関までもがダンジョンについての真面目くさった記事を量産してる。

いや、「真面目くさっ」てるんじゃない。本当に、１００％真面目に、ダンジョンについて報道してるんだ。

掲示板も、ＳＮＳも。単にダンジョンについての書き込みがあるだけじゃない。現代日本にダンジョンがあることを自明の前提とした無数の書き込みで溢（あふ）れてる。

こうなっては、認めるしかない。

――いまや、世界にダンジョンが存在するのは当たり前のことなのだ。

世の中の日常は、俺が知らない間に「日常ｗｉｔｈダンジョン」へとありえない変貌を遂げていた。

「は、ははっ……」

俺の口から乾いた声が漏れる。

社会から、現実から逃げて、居場所を失って。

俺はこのまま死ぬしかないと思っていた。

それなのに、

「神様も、粋なはからいをしてくれるじゃねえか……！」

思わず俺は両手を組み、神に感謝の祈りを捧（ささ）げていた。神なんて信じたこともなかったのに現金なもんだ。

「俺、明日からダンジョンに潜る！」

そう宣言した俺に、両親が泣いて喜んだのは言うまでもない。

†

母から聞いたとおり、ダンジョンはうちから一キロもない場所にできていた。

まるでコンビニに行くような手軽さで、俺はダンジョンのある場所までやってきた。

こんな近くにダンジョンがあったのは偶然じゃない。

現在国内で確認されているダンジョンの数は三万を超える。

国内のコンビニの店舗数が約六万。最大手のチェーンに限れば二万強。

ダンジョンはいまや、最大手のコンビニチェーンよりも数が多いということだ。

「これ……か？」

ダンジョンの入口は、ガキの頃に遊んだ雑木林の中にあった。

「この先ダンジョン注意」という立て看板の奥に、少し開けた窪地（くぼち）があって、その真ん中に縦二メートルほどの黒い水鏡（みずかがみ）のようなものが浮かんでる。

ネットで調べたところでは、あれがダンジョンの入口らしい。

入口に誰かいるかとも思ったが、誰もいない。

平日の昼間にこんなところをうろついてるやつはいないからな。よくも悪くも、ダンジョンは新たな「日常」だ。Dランクのダンジョンなんて、今更注意も惹かないんだろう。

ダンジョン災害がある以上ダンジョンを見張っておく必要があるのでは？　とも思ったんだが、考えてみると現実的には難しそうだ。

大手コンビニを凌ぐ数のダンジョンがある以上、そのすべてに見張りの人員を置ける組織なんてない。警察が見張ろうにも警察官の数が全く足りない。交番の数よりダンジョンの数のほうが何倍も多いんだからな。

一応、探索者協会というものがあるにはあるが、所属探索者はそれぞれ自分の探索で忙しい。探索もせずにダンジョンの入口を見張りたがる奇特な探索者なんていないだろう。

ともあれ、人がいないのは俺にとっては好都合だ。ソロでダンジョンに挑むやつは少ないから、見張りがいたら見咎められていただろう。俺のクソザココミュ力でそれを突破できた自信はない。

「っていうか、これに入るのかよ。怖っ……」

さっきは水鏡といったが、わずかに波紋が走ってるその表面は、こちらの姿を映すわけでもなければ、ダンジョンの中の様子が透けて見えるわけでもない。ネットの情報だけを頼りに、中がどうなってるかもわからないところに飛び込むのは怖すぎる。

「でもまあ、先が見えないのは俺の人生も同じだろ」

逆転の余地がある分、こっちのほうがマシなくらいだ。

「行くっきゃねえな」

俺は黒い水面におそるおそる手を突っ込む。

表面に波紋が広がり、俺の手がずぶずぶと飲み込まれていく。

「い、行くぜ……！」

覚悟を決めて、俺は身体を突っ込んだ。

一瞬の暗転。

直後、俺は見知らぬ空間の中にいた。

石積みで造られた、縦三メートル、横五メートルほどの角ばった通路。

光源はないが、自分を中心にうっすら明るく、少し離れると真っ暗だ。

「マジか……」

情報収集でデマではないだろうと思ってはいたが、実際に入ってみると感じ方がちがう。

もう、社会ぐるみの悪質な冗談でもなければ、俺の頭がおかしくなったわけでもない。


――ダンジョンは、たしかに実在するのだ。


「おっと、感慨にふけってる場合じゃないな」

ダンジョンが実在したのなら、その中に棲息（せいそく）する脅威もまた実在するということだ。

気を引き締める俺に、突然、どこからか声が聞こえてきた。

《新たな探索者の入構を確認しました。》

《新たな探索者にステータスを付与しました。》
《新たな探索者の端末にダンジョン専用アプリ「Dungeons Go Pro」をインストールしました。》
《自分のステータスを確認するには、「ステータスオープン」と口にするか、「Dungeons Go Pro」を開いてください。》

「うぉっ!?」

いきなりの声に驚いてしまったが、Ｗｉｋｉにあった通りだな。

探索者になると聞こえるという「天の声」だ。男性とも女性ともつかない不思議な声は、探索者の脳裏に直接響くのだという。

……さて、ここからが重要だ。

いや、もう結果は出てるはずだが……やっぱり確認するのは緊張するな。

が、こうしていてもしかたがない。

モンスターがいつ現れないとも限らないんだ。

さっさと確認してしまおう。

「す、ステータス……オープン」

俺はおっかなびっくりそう唱える。

おっかなびっくり半分、恥ずかしさ半分って感じだな。

だって、そうだろ。

リアルで「ステータスオープン」とか言っちゃってる人がいたら完全に痛い人だ。
すくなくとも、俺の常識ではそうなってる。

《コマンドはもっと大きな声ではっきりと口にしてください。》

「ああもう、わかったよ！　ステータスオープン！　ステータスオープンだ！」
やけくそ気味にそう叫ぶと、俺の前に半透明のウインドウが現れた。

†

目の前に現れた半透明のウインドウに、俺は食い入るように目を凝らす。

Status
蔵式悠人
レベル　1
HP　7／7
MP　14／14
攻撃力　4
防御力　3
魔　力　15
精神力　16
敏　捷　24
幸　運　15

・固有スキル
逃げる　S.Lv1

SP　100

「う、む、む……？」

Ｗｉｋｉで見た知識に照らしてみるが……なんというか、解釈に困る。

最初に気になったのはやっぱり、

「攻撃力と防御力低すぎじゃね⁉」

ということだ。

攻撃力は４、防御力は３しかない。

ステータスの各能力値は、10が基準とされている。

初期能力値が12を超えてれば優秀な部類。逆に、８以下だと低い部類になるらしい。

なので、７しかないＨＰも世間的には低いほうだ。

「ま、魔力は高いよな？」

攻撃力が低くても魔力が高ければ、魔法特化といえなくもない。

その場合でもＨＰ７で防御力３はヤバそうなんだが。

ＨＰが高くて防御力が低いか、防御力が高くてＨＰが低いかだったらまだよかった。だが、両方とも低いとなると、相乗効果で敵からのダメージがヤバいことにならないか？

「お、落ち着け、俺。まだダメと決まったわけじゃない」

物理攻撃タイプか魔法タイプかは、人によってわりとはっきり分かれるところだと書いてあった。

俺は極端な魔法型なのかもしれない。敏捷(びんしょう)や幸運といった魔法にあまり関係のない能力値が無駄に高いのは気になるが。

でも、俺が魔法型なのは想定内だ。ひきこもりの俺が肉弾戦特化だったら、そっちのほうが不自然だろう。ステータスは探索者の個性を色濃く反映すると言われてるからな。

不安材料は多々あるが、固有スキルがあったのはよかったと言っていい……はずだ。

固有スキルの持ち主は十人に一人らしいからな。固有スキルがあっただけでも運がいい。

だが、固有スキルは、能力値以上に探索者の個性を反映するという。

つまりそれって……。

「ぐぬぬ……俺は『逃げる』のがお似合いだと、そういうことかよ」

しかし、「逃げる」ってだけじゃスキルの詳細がわからないな。

どうしたものかと悩んでると、半透明のウインドウの向こうで何かが光った。

光沢のない、鈍い光。

光の輪郭は丸くて……そうだな、「人をダメにするソファ」みたいな大きさだ。

弾力のあるそれが、弾みながらゆっくりとこちらに近づいてくる。

よく見ると、そのすぐ後ろにも同じものがもうひとつ。

「スライムじゃねえか！」

ヤバい！　こっちはレベル1で武器もなく、攻撃力はわずか4。

いや、それ以前に、HP7&防御力3の、ぺらっぺらの紙装甲だ。

相手が低レベルのスライムであっても、ワンパンでやられる可能性だって十分ある。

……なんでダンジョンに来るのに武器や防具を持ってこなかったのかって？

ヒャッハー、ダンジョンキタ――――！　の勢いでやってきたから準備するのを忘れてたんだよ！

馬鹿だな俺⁉　攻略情報を徹夜で調べたくせに、まだどっかゲーム感覚だったのか⁉

「そ、そうだ！　魔法を覚えよう！」

もともと、魔法型だったら魔法スキルを取得する予定だった。

このダンジョンがスライムばかりなことはＷｉｋｉで調べてわかってる。

スライムに効果的なのは火属性の魔法だ。

ステータス付与時に得られる初期ＳＰで必要なスキルが取得できることは確認済みだ。

《チュートリアル：スキルの取得は、口頭でのコマンドか、「Dungeons Go Pro」の専用画面で行えます。》

本当はアプリのほうでじっくり確認したかったたが、今はとにかく時間がない。

「スキル取得：『火魔法』だ！」

《SP100を消費して「火魔法」を取得します。よろしいですか？》

「よろしいよろしい！　早くしてくれ！」

《スキル「火魔法」を取得しました。》

「使い方は自然にわかるって話だったが……ああ、ほんとだ！」

スキル「火魔法」でできることが頭に浮かぶ。知識が流れ込むというより、最初からそれを知ってたような感じだな。

「こ、こうか⁉」

俺は、迫るスライムに向かって片手をかざす。

数秒間呪文を唱えながらイメージを象(かたど)ると、手のひらの先に小さな炎の矢が生まれていた。

「くらえ、ファイアアロー！」

俺の放った炎の矢がスライムに命中する。

ぷぎょお、というようなスライムの悲鳴。

ゲル状の身体の表面が炎に炙(あぶ)られ蒸発した。

が、決定打にはなってない。

というか、まだ全然余裕そうだ。

攻撃されたことで怒ったのか、さっきよりも激しく弾みながら、俺のほうに迫ってくる。

「くそっ…………ファイアアロー！」

二度目のファイアアローを放つ俺。

先頭のスライムに命中するが……まだ足りない。

ゲルの体積がＨＰに比例するなら、あと四、五発は必要だろう。

「……ファイアアロー！　……ファイアアロー！　……ファイアアロー！　……ファイアアロー！」

ああ、数秒の詠唱時間が焦れったい！

スライムの動きは遅いが、それでも着実に近づいてくる。

「ファイアアロー！　やったか⁉」

五発目のファイアアローが突き刺さり、先頭のスライムが蒸発、半透明の核だけがダンジョンの床に転がった。その核も風化するように消え、あとには虹色に輝くコインが残された。

マナコインと呼ばれるそれは、光になって俺のスマホへと吸い込まれる。

しかしそのあいだに、もう一体のスライムが迫ってくる。

もう二、三回跳ねたら俺に届く。

――どうすりゃいい⁉

ＭＰにはまだ余裕がある。

ファイアアロー五発で倒せるはずだ。

だが、その前にスライムの攻撃を食らってしまう。

Ｗｉｋｉには「スライムの溶解液は見た目に反して痛い」と書かれていたが、単なる体当たりであってもＨＰ７＆防御力３の俺には致命傷になりかねない。

俺の頭に絶望がよぎる。

たかがスライム、それも二体だけ。

そんな相手に絶望する自分に絶望する。

なにが、ダンジョンならワンチャン狙える、だ！

これまでの人生で負け続け、逃げ続けてきた人間がダンジョンでなら勝てるなんて、考えが甘いにもほどがある！

結局、思い通りにならない人生に、ダンジョンという風穴がいきなり空いて、舞い上がってただけじゃないか。

ひきこもりという境涯に逃げ込んだ男は、今度はその境涯からダンジョンへと逃げ込んだ。

逃げた先で、逃げて。

その先でもまた逃げて。

逃げてばかりの人生だった。

その人生も、これで終わりだ。

もうこれ以上逃げ場はないのだから。

……って、待てよ。

「そ、そうだ！　こいつだ！『逃げる』！」

俺は固有スキルのことを思い出す。

スライムを前に詳しい情報を調べる時間はないが、シンプル極まりないスキル名だ。使い方もシンプルであることを祈るしかない。

「くそっ！　逃げればいいんだろ！」

俺はスライムに背を向け、後ろに向かって駆け出した。

「うおっ、速っ⁉」

俺の足は、思った以上に速かった。敏捷が高いおかげだろうか。

足の遅いスライムを置き去りに、俺は数瞬だけ風を切る。

だが、

「どわっ⁉」

十メートルほど走ったところで、いきなり前に進めなくなった。

透明な壁が俺の前にあって、俺を後ろに押し返してる——そうとしか考えられない現象だ。

混乱する俺の鼻先に、今度は半透明のアナログ時計が現れた。

針が一本しかない金の時計。

チクタク動くタイプではなく、連続で滑らかに動くタイプの秒針だ。

その秒針が指してるのは——23。

「ま、さ、か……」

「逃げる」って……そういうことなのか⁉

†

アクションRPGなんかでよくあるよな。バトルエリアの外側に向かって走ってくと、「ESCAPING!」なんて文字が出て、ゲージが溜まると逃げられるやつ。

あれだ。

ふざけたことに、俺の固有スキル「逃げる」は、あれを忠実に再現した仕様らしい。

「ふ、ざ、けん、なよおおおおっ！」

それでも、走るしかない。

ゲームの仕様と同じなら、逃げる動作をやめたらゲージがリセットされるおそれがある。

そうなったら最初からやり直し。

魔法でこのスライムを仕留めきれない以上、やり直しはほぼ確実に死を意味する。

――でも、これで逃げ切れるのか⁉

秒針は20を指している。スライムが真後ろに迫る中で、二十秒逃げ続ける必要があるってことだ。

――こんなことなら、魔法五発に賭けたほうがマシだったか⁉

だが、今から「逃げる」をやめて魔法を撃つというのはありえない。最初から魔法を撃っていればともかく、もう距離が縮まった状態で魔法を撃ち始めたのでは間に合わない。

このまま「逃げる」を続けても死ぬ可能性が高いが、だからといって「逃げる」のをやめたらより危険な状況に陥ってしまう。

「くっそがあああああっ！」

必死の形相で叫びながら、その場から動かず走り続ける俺。

はたから見ればシュールな図だろう。

でも、必死だ。

マジで、必死だ。

さいわい、ステータスが付与されたからか、もう十数秒ダッシュしてるにもかかわらず、息が上がる気配はない。

もうひとつ、俺には運のいいことがあった。

文字通り、運のいいことだ。

「うぉっ⁉」

俺は突然、足首がかくんとなって体勢を崩した。

なにもないところで躓くという、ドジっ子も真っ青のアンラッキー。

……かと思いきや、低くなった俺の頭の真上を、緑色の液がかすめて過ぎた。

毒々しい液は、俺の前にあるはずの透明な壁を何の抵抗もなしに通過する。

液はダンジョンの床に散らばって、嫌な発泡音を立てて蒸発した。

「溶解液か⁉」

こんなのをまともに浴びてたらと思うとぞっとする。

俺にしては運のいい展開だな、と思ったところでＷｉｋｉに書かれてたことを思い出す。

――「幸運」の数値が高いと、偶然による回避が発生しやすい、と。

Ｗｉｋｉでは、敏捷による回避と区別して「幸運回避」と呼ばれていた。

「運がよければ当たらないってことか……！」

残りは十六……十五秒。

そのあいだに何回攻撃が来て、そのうちの何回を避けられるのか？

確率は低そうだが、完全に「詰んだ」わけではないってことだ！

「まだなのかよ！」

俺は焦るが、逃げタイマーの秒針は憎らしいほどに一定のペースでしか進まない。

秒針を見れば、正確に残り十二秒だとわかってしまう。

十二秒は十二秒。俺がいくら焦ったところで短くなることはない。

首だけ振って背後を確認すると、溶解液を外したスライムがぶるぶると震えている。

なにかの予備動作か⁉　と警戒するが、どうもただ震えてるだけだったらしい。そういえば、知能が最低クラスのスライムは、なにもせずぼーっとしてることもあると書いてあった。

「なら、ずっとぼーっとしててくれよな！」

と、願ったのがいけなかったのだろう。

スライムはその場で跳ねて弾みをつけると、着地の反動を利用して俺の背中に飛びかかる。

「ぐあっ！」

見えない壁に向かって突き飛ばされ、俺は苦悶（くもん）の声を漏らす。

このサイズ、この重さのゲルが全力でぶつかってきたんだ。その衝撃は軽くない。ガキの頃に後ろから自転車にぶつかられたときのような衝撃だ。ＨＰもだいぶ持ってかれたんじゃないか？

「あと5、4、3……」

スライムが再び飛びかかってくる。

が、俺の膝が笑ってかくんと折れ、スライムの体当たりは空を切る。

幸運回避だ！

「2、1……！」

透明な壁の圧力が消えた！

俺は勢い余って十メートルほどを駆け抜けて、その先にあった白い光の水鏡——ダンジョンの出口へと突っ込んだ。

「うがっ、ぐ、が、おお……おっ！」

雑木林を転がり、出っ張った木の根に躓いて転び、二回転半ほどでんぐり返しして逆さまになって、木の幹に背中からぶつかった。

逆さになったまま見上げると、雑木林の隙間の多い樹冠の上に、青い空が広がっていた。

「は、はは……」

笑えてくる。

本当に、笑えてくる。

また、このざまか。

今回もまた、逃げたのか。

笑いの次にこみ上げてきたのは、やり場のない激しい怒り。

「うがあああああ！！！　くっそおおおおおおおっっっ！！！！」

俺は空に向かってファイアアローを連発する。

十数発でＭＰが尽きて、激しい頭痛に襲われた。

それでも無理やり振り絞ろうとするが、もう魔法を撃つことはできなかった。

「くそっ、くそう……」

落ち葉を握りしめ、俺は自分の惨めさにむせび泣いた。

†

「はあああ……」

俺は暮れなずむ公園のベンチに座り、盛大に頭を抱えていた。

もう、何度目になるかわからない。

ベンチに座る俺の隣にはすっかり冷めきった缶コーヒー。

リストラされた中年サラリーマンのように座ったまま灰と化してる俺の前を、犬の散歩にきた人や幼児を連れた女性が、気味悪そうに顔をそらして過ぎていく。

いつのまに暗くなったのか、公園の電灯に明りが灯る。

白い光に照らされたタイルを見つめていると、俺の視界に影がかかった。

顔を上げると、そこには見知った相手が立っていた。

背は、女性としては平均かやや高いくらいだろう。明るめの髪を頭の後ろでまとめた美少女……

いや、もう年齢的には美女だろうか。美女というにはちょっとあどけない感じだけどな。

「芹香（せりか）……」

もう二年も会ってなかった幼なじみの名前が、俺の口からこぼれ出る。

整ってる割に歳（とし）より幼く見える顔立ちは変わらない。優しさと、それを貫くための芯の強さが同居した、陽の当たるところが似合う幼なじみ。

だが、芹香の装いは激変していた。

二年の歳月が幼なじみの好ましい部分を変えてなかったことに、なんとはなしにほっとする。

といっても、見ないあいだに服の趣味が変わったとかいう話じゃない。

白銀に輝く胸当て、紺の裳裾（もすそ）、黒いレギンス。膝から下にはゴツい白銀のグリーブをつけ、腰には剣をさしている。その意味するところはあきらかだ。

「聞いたよ。探索者になるんだって？」

芹香が微笑（ほほえ）んで言ってくる。このちょっとアニメっぽい声を聞くのも久しぶりだ。

「探索者……だったのか？」

「えっ、知らなかったんだ。おばさんは知ってるんだけど」

「そうなのか」

……気を遣って、俺には言わなかったんだろうか？

俺にダンジョンに潜れと言ったのも、芹香が探索者だと知ってたからかもしれないな。

「もう、ちょっとは関心を持ってよ」

「悪い。ダンジョンが出来たこと自体、つい最近まで知らなくてな」

「えっ……ほんとに？」

と、驚く芹香。

たしかに、いくらひきこもりとはいえ、昨日までダンジョンのことを知らなかったのはびっくりだよな。テレビやネットでの騒がれようを考えれば、知らなかったことが奇跡に思える。

ダンジョンが存在することに、いまだに違和感を拭いきれないくらいだ。

芹香は俺の顔色をうかがいながら、

「その様子だと、固有スキルはなかった……のかな」

「いや、あったよ」

「えっ！　やったじゃん！　おめでとう！」

「……ああ」

「あんまりうれしくなさそうだね。どうして？」

俺は無気力にスマホを取り出す。

ダンジョン専用アプリ「Dungeons Go Pro」を使えば、自分のステータスをスマホ上でも確認できる。「ステータスオープン」で見てもいいが、スキルの使用条件など、細かい情報を調べるにはアプリのほうがやりやすい。

……なお、ＤＧＰには謎の個人認証機能があるらしく、本人の同意なしに他人がその画面を覗く（のぞく）ことはできないようになっている。しかも、脅迫などで得た「同意」は同意とは見なさないという徹底ぶりだ。

自分のステータスは「ステータスオープン」で見られるが、他人のステータスを見る手段は限られている。「鑑定」のような取得の難しいスキルを除けば、同意してＤＧＰの画面を見せるのがいちばん早い。

ためらいなく画面を見せようとする俺を、

「ち、ちょっと！　探索者が他人に気安くステータスを見せちゃ駄目だよ！」

芹香が慌てて制止する。

「芹香は他人じゃないだろ」

「えっ、そ、それは……そうかも、だけど。見て、いいの？」

「ああ」

と覇気なく言って、俺は芹香にスマホを渡す。

芹香は興味を抑えきれない様子でスマホを覗き――。

みるみる難しい顔になっていく。

「率直に感想を言ってくれ」

「……また、偏ったもんだね」

芹香が言うのは、俺の能力値のことだろう。

Status
蔵式悠人
レベル　1
HP　7／7
MP　64／64
攻撃力　4
防御力　3
魔　力　65
精神力　16
敏　捷　24
幸　運　15

・固有スキル
逃げる　S.Lv1

・取得スキル
火魔法1
SP　3

「火魔法」を取得したことでＭＰと魔力にそれぞれ50のボーナスが入ってるが、それ以外は最初と変わってない。

「魔法タイプ……ではあるのかな。悠人らしいっちゃらしいね」

「どうせ俺は根暗だよ」

「そ、そういう意味じゃないってば！　もう、すぐ人の言うことを悪く取る！」

「……悪い。わかってる」

芹香がそんな当てこすりみたいなことを言うはずがない。

長い付き合いだからそれくらいはわかってる。

芹香は俺のスマホを何度もスワイプしながら確認すると、

「まず、高いほうの数値だけど。スキルのボーナスを除いて、ＭＰ64に魔力65、精神力16、敏捷24、幸運15。これ、結構ありえないから」

「そうなのか？」

「うん。でも、いくら魔法中心で戦うとしても、ＨＰ7で防御力3はキツいね。精神力が高いから魔法には強いけど、矢が飛んできたら死んじゃうよ」

「……だろうな」

「敏捷の24はありえないくらい高いんだけど……敏捷は魔法職には意味が薄いんだよね。魔法を使うには集中が必要だから、動き回りながらってのはふつう無理だし。敏捷回避の確率は上がるけど、他に前衛がいるなら魔法職が狙われるような状況にはならないから」

もしそんな状況になるようならすぐに撤退したほうがいい、と付け加える芹香。

芹香の近況は知らないが、まるで見てきたかのような自信たっぷりの口調だな。

探索者としてかなり活躍してるんだろう。

「幸運の15もすごいんだけど、魔法にクリティカルは乗らないし……。幸運回避が出やすいくらいかな」

「だよな」

それくらい、俺にもわかってる。

「敏捷と幸運の高さを生かして回避優先でスキルを組み立てて……ううん、でも、魔法タイプなんだよね。クリティカル率の高さを利用して攻撃力を補うにしても、元の数値が4かぁ……どうしたら……」

芹香はまるで自分のことのように悩んでくれる。

「……やっぱり後衛かな。回避が高いと言っても、全部避けられるわけじゃないし。一発でも被弾したら死ぬ状況で前になんて出てほしくない……」

「その場合、敏捷と幸運は活かせなくなるわけだけどな」

それから……もうひとつ。

気を遣ったのか、芹香が触れなかったことがある。

レベルアップ時の能力値上昇幅は、レベル１の時の基本値に等しい。

たとえば、レベル１のときのＨＰが10だとすると、レベル２になると20、レベル３では30と、10ずつ伸びていくことになる。

つまり、レベル１の段階で低い能力値は、その後の成長も見込めない。現時点で４しかない攻撃力や３の防御力、７のＨＰは、今後も伸びる余地がないということだ。

残酷なことに、レベルアップを重ねれば重ねるほど、他の探索者との差は拡(ひろ)がっていく。

レベル１のときに防御力が10のやつは、レベル10になれば防御力１００。一方、レベル１のときに３の俺は、レベル10になっても30にしかならない。

成長幅が途中から増えることがない以上、この絶望的な差を努力で埋めることは不可能だ。

Ｗｉｋｉに書かれていた初心者向けのアドバイスには、こんなテンプレが存在する。

『ステータスに９以下が三つ以上あったらあきらめろ。８以下が二つ以上あったらあきらめろ。７以下が一つでもあったらあきらめろ（ただし幸運は除く）』

「あきらめろ」というのはもちろん、探索者になること自体をあきらめろ、ということだ。

たぶん、芹香はわかってて言わなかったんだろうけどな。

「あとは……固有スキルの『逃げる』だね。これって、どういうスキルなの？」

「貸してくれ」

俺はスマホを返してもらい、ステータス画面で「逃げる」を長押しする。

Skill

逃げる

S.Lv1　戦闘から逃げることができる。

使用条件：

戦闘エリアの外側に向かって（30－5×S.Lv）秒間逃げ続ける。

戦闘エリアの範囲は、敵の初期位置の中心から半径（10×S.Lv）メートルの空間。

特記事項：

逃走成功時に所持金を落とす。

落とす金額は、所持金の（{50－10×S.Lv}±20）％の範囲でランダムに決まる。落とす金額がマイナスになることはない。

能力値補正：

「逃げる」の所有者は、各能力値に以下の補正を常に受ける。

HP　－20％

攻撃力　－50％

防御力　－60％

精神力　＋20％

敏捷　＋200％

幸運　＋400％

もう一度ため息をついてから、スマホを芹香に手渡した。

「えっと、『逃げる』のに必要な時間は……スキルレベル1なら二十五秒。エリア？は、半径十メートル……。どういうこと？」

ああ、数字だけだとイメージが湧きづらいよな。芹香はもともとゲーム好きってわけでもないし。

「半径十メートルの円周上に見えない壁ができるんだ。俺はその壁に向かって走り続ける。二十五秒間な」

「そんなの、すぐに追いつかれちゃうじゃん」

「ああ。しかも、逃げようとし続ける必要があるから、そのあいだは完全に無防備になる」

「うわ……」

さっきはトロいスライムが相手だからなんとか逃げられたんだ。もっと素早い相手……いや、それほど素早くなくてもまともに動けるモンスターなら、十メートルなんて二、三秒もあれば追いつくだろう。

「普通に逃げたほうがよっぽどマシだろ？」

「そ、それは……。えっと、でも、ダンジョンで敵から逃げるのって大変なんだよ？　狭い空間だから、ただ逃げただけじゃ追いかけてくるし。退却のつもりがそのまま潰走に、ってことになりやすいの」

「『逃げるな、戦え』だろ」

Ｗｉｋｉに載ってた有名探索者の格言だ。ちなみに、その後には「勝てない相手とは戦うな」と続く。確実に勝てるモンスターとだけ戦うというのが、ダンジョン探索の鉄則なのだ。

「うん。逃走用のスキルも一応あるけど、わざわざ取る人はいないかな」

「だよな」

はあぁ、とため息を重ねて肩を落とす。

芹香は慌てて、

「で、でも固有スキルなんだし。きっと何か使い道が……！」

「そこまでして『逃げ』ても、金まで落とすんだぜ？　スキルレベル1なら所持金の20～60％……

そんな条件で探索者として食っていけると思うか？」

「べ、べつに毎回逃げるわけじゃないし。『逃げる』はいざというときに取っておいて、パーティを組めば……」

「俺だけ逃げられてもしかたないじゃないか。パーティが壊滅して自分だけでも生き残りたいって状況ならともかく……」

「それは……そうだけど」

そんな状況で二十五秒ものあいだ無防備に背中を向けて無事でいられるとも思えない。

「『逃げる』が死にスキルなら、あとに残るのは無駄に速くて運がいいだけの魔法使いだ。しかも、補正のせいで紙装甲……。誰がそんなのとパーティを組みたがるんだよ」

俺なら絶対、そんなやつをパーティに入れたいとは思わない。危なくなったら一人で逃げそうだし……。

それにしても、とんでもない迷惑スキルもあったもんだ。

せめて能力値へのマイナス補正がなければ、ただ使い所がないだけで済んだろうに。

もし「逃げる」の補正がなかったら、俺のステータスは、

レベル　1
HP　9
MP　14
攻撃力　8
防御力　8
魔　力　15
精神力　14
敏　捷　8
幸　運　3

……となってたはずで、これならかろうじて魔法職を目指すこともできた。防御に難があること

に変わりはないが、魔力15はかなり恵まれた数字のはずだ。

もっとも、これですら、Ｗｉｋｉにあった「９以下が三つ、８以下が二つあったらあきらめろ」に該当してしまう。探索者になるには相応の覚悟が必要だったろうけどな。

Ｗｉｋｉテンプレでは「ただし幸運は除く」となってる幸運も、３ではさすがに不安になる。

……これまでの人生を考えると、幸運が３ってのは納得のいくところではあるけどな。

「逃げる」では幸運に＋４００％もの補正がついてるんだが……正直、それが他の能力値に乗ってくれたらと思ってしまう。テンプレにもある通り、幸運は最も重要視されてない能力値だからな。

俺の言葉に理を認めたのだろう。芹香は何かを言おうとして、口を開いては閉じてをくりかえす。

「でも……でも！」

芹香が、泣きそうな顔で俺を見る。

「固有スキルには、絶対、意味がある。私もそうだった。弱かった私を、固有スキルが支えてくれた。神様からの授かりものなんだって、そう思う」

「……芹香は、そうだったんだな」

詳しい事情は知らないが、泣き虫だった芹香が立派に探索者をしてるんだ。

ずっと近くにいたはずなのに、どこで差がついたんだろうな。

「ちがうよ！　悠人だって、きっとそう！　今はわからないかもしれないけど、悠人がこのスキルを授かったのには必ず意味がある！　だから――!!」

「……俺がずっと逃げてばかりいたからだろ。おまえはどうせ逃げることしかできない男だ、おまえにはこのゴミみたいなスキルがお似合いだって、神様が言ってんのさ」

思わず、棘のある言葉が出てしまう。

「そ、そんなことないよ!! ぜったい違う!! 私はそんな意味で言ったんじゃ――」

「やめてくれよ。俺とおまえは、もう住んでる世界が違うんだ。優しくされても、互いに傷つくだけだ……」

俺の言葉に、芹香の目にみるみる涙が溜まり――。

「悠人の……ゆうくんのばかあああ!」

†

シャワーを浴び、言葉少なに夕食を取って、俺は自室にひきこもる。

倒れ込むようにベッドに横になるが、疲れてるはずなのに眠れない。

まぶたに浮かぶのは、芹香が去り際に見せた泣き顔だ。

「最低だな、俺」

まるで八つ当たりだ。心配してくれた芹香にかける言葉じゃなかった。

「ああ、くそ……もやもやする」

久しぶりに見た芹香は……なんていうか、立派になっていた。

探索者として、いっぱしの腕を持ってるんだろう。

小さい頃は泣き虫で、よく俺の背中に隠れてたのにな。

「好きな男でもできたかな」

……自分で言って、気分が悪くなった。

独占欲を抱く資格なんて俺にはないのに、勝手なものだ。

「俺がこのスキルを得たのには必ず意味がある、か」

あとになってみれば、芹香の言うことは正しいことがほとんどだった。

その芹香があああまではっきり断言してたんだ。

固有スキルに対する芹香の見解は、芹香の個人的な思い入れだけではないのかもしれない。

自分の意思で始めたはずなのに、無理だと思うと逃げてしまう。

正しいと信じてるはずなのに、自分の意思を貫けない。

そんな自分を変えたいと、これまで何度思ってきたことか。

「どう考えても、最後のチャンスだろ、これ」

現代にいきなりダンジョンが現れ、日常化する——。

この先、こんな「イカれた」チャンスが他にあるとは思えない。

俺はベッドから手を伸ばしてスマホを取る。

「Dungeons Go Pro」を起動、もう一度「逃げる」の詳細を開いてみる。

Skill

逃げる
S.Lv1　戦闘から逃げることができる。

使用条件：
戦闘エリアの外側に向かって（30－5×S.Lv）秒間逃げ続ける。
戦闘エリアの範囲は、敵の初期位置の中心から半径（10×S.Lv）メートルの空間。

特記事項：
逃走成功時に所持金を落とす。
落とす金額は、所持金の（{50－10×S.Lv}±20）％の範囲でランダムに決まる。落とす金額がマイナスになることはない。

能力値補正：
「逃げる」の所有者は、各能力値に以下の補正を常に受ける。
HP　－20％
攻撃力　－50％
防御力　－60％
精神力　＋20％
敏捷　＋200％
幸運　＋400％

各項目をひとつひとつ読み返す。

あまりに厳しいデメリットにイラつくが、その感情はひとまず脇に置く。

何度か読み返して、ひとつだけだが気がついた。

「……なんでここに改行があるんだ？」

俺が気になったのは、最初も最初、スキル名とそのスキルレベルの部分である。

Skill

逃げる
S.Lv1　戦闘から逃げることができる。

ステータスのほうでは、『逃げる　S.Lv1』となっていて、『逃げる』とスキルレベルのあいだに改行はない。ステータスとは書式がちがうと言われればそれまでだが、他の可能性もあるはずだ。

「この『S.Lv1』の下に、『S.Lv2』『S.Lv3』……みたいに続くんじゃないか？」

「逃げる」の効果は現状が最終形ではなく、まだ可能性を秘めているということだ。

「スキルレベルを上げればデメリットも減るしな」

戦闘エリアの範囲はスキルレベルが上がるたびに広くなるし、「逃げる」のに必要な時間も短くなる。スキルレベルが5になれば、「逃げる」のに必要な時間は五秒まで減る。Ｗｉｋｉによればスキルレベルの上限は5らしいので、必要時間が0になることはなさそうだが。

「そもそも、デメリットしかないスキルなんてものがあるのか？」

スキルは忘れることができないんだから、もしそんなスキルを覚えてしまったら、最悪のばあい探索者として詰んでしまう。そんな地雷のようなスキルがあるのなら、Ｗｉｋｉや掲示板で話題になってなければおかしいだろう。

俺はベッドから跳ね起きて、パソコンを起動する。

Ｗｉｋｉや掲示板、ＳＮＳを改めてチェックするが、「このスキルは地雷だから覚えるな」といった話題はどこにもない。

「狂戦士化」のように、攻撃力が3倍になる代わりに戦闘終了まで敵に突撃し続ける、というスキルならある。でも、デメリットだけというスキルは見当たらない。この「狂戦士化」だって、所持者が使おうと思って初めて効果を発揮するんだから、持ってるだけで常時デメリットがあるわけじゃない。

たいていのスキルはむしろ、デメリットなど一切なく、探索者を一方的に強化するだけだ。その分、デメリットのあるスキルは、メリットの部分が尖（とが）ってる傾向にあるらしい。

「そういうところはゲームと同じだな」

「このスキルよりこっちのスキルのほうがよくね？」といった話題ならたくさんある。だが、そうした話題は、ほとんどの場合「そいつの目指したい方向による」という結論に落ち着いてる。

要は、「ゲームバランス」が取れてるのだ。

「これがゲームなら、最適なスキル構成がある程度煮詰まってくるもんだけど……」

この「現実」においては、どうもそうではないらしい。

その理由はおもに二つだ。

スキルがあまりにも多彩すぎてそのすべてを把握してる者がいないというのがひとつ。

もうひとつは、それほどの数があるにもかかわらず、どのスキルにもそれ相応のメリットがあって、単純な「死にスキル」がないことだ。

――芹香が言ってたのはこのことだったのか。

……もう一度だけ、試してみよう。

「逃げ」ろというなら、「逃げ」てやるさ。

でも俺は、「逃げる」からは逃げてやらん。

もう一度だけだ。

もう一度だけ、このゴミスキルと向き合って……。

それでもダメなら……。

「……いや、もう逃げてなんてやるものか。どうせ詰みかけた人生なんだ。クソステだろうがやってやる！」

お世辞にも前向きとはいえないが、ともあれ、覚悟は固まった。

†

翌朝。

昨日に続けて早起きした俺に、母は何も言わずに朝食を出してくれた。我が家の朝食は伝統的にトーストと目玉焼きとサラダと決まってるが、今朝はなんとステーキがついている。ダンジョン探索という3K労働に向かう息子に体力をつけてほしいという親心なんだろう。

「芹香ちゃんからこれを預かってるわよ」

そう言って母が差し出したのは、薄いピンクの封筒だ。

開けてみると、中には便箋とイヤリング。

『悠人へ　これあげる。昨日はごめんんね。　芹香より
p.s. もう使ってないやつだから遠慮しないでよ？』

「これのことか」

紫色の水晶のようなチャームがついたイヤリングだ。

俺は「Dungeons Go Pro」からカメラを起動、イヤリングにかざす。

Item
防毒のイヤリング
状態異常「毒」を防ぐ。

「……かなり高いやつじゃないのか？」

状態異常耐性のアクセサリは、結構いい値段で取り引きされてたはずだ。

……いや、だから『遠慮しないで』と言ってるのか。

今は使ってないということは、芹香はこれより上位のアクセサリを持ってるんだろうな。

直接俺に渡さなかったのは、昨日の今日で顔を合わせづらかったからか。

……その割には、俺が立ち直って探索を続けることを確信してるみたいだけどな。

一大決心のつもりだったが、芹香には完全に見透かされていたらしい。

「ごめんって言うのは俺のほうだろうに」

有り難いやら、情けないやら。

昔からこういうやつなんだよな。探索者としては立派になっても、そういうところは変わってないみたいだな。

「いつか……追いつけるといいな」

そのためにも、まずは自分にできることからやっていこう。

ダンジョンに行く前に、自転車でショッピングモールに寄ることにした。

モールの中にはいつのまにか探索者ショップができていた。

そこで俺は、今の自分でも装備できる防具を見つけ出す。

Item
旅人のマント
防御力＋10　敏捷＋15
装備条件：敏捷12以上

初心者向けの装備だが、あるとないとでは大違いだ。俺の素の防御力は3しかないが、これを装備すれば13になる。

もっと防御力の上がる装備も売ってたんだが、装備条件が「攻撃力と防御力の合計が○○以上」となっていて、今の俺では条件が満たせない。

この旅人のマントですら結構なお値段で、俺の少ない貯金をはたいてようやく買えた。

武器を買う余裕はないが、どっちにせよ攻撃力がゴミなので、魔法一本でいいだろう。

で、さっそく雑木林ダンジョン（正式名称は別にあるが、めんどくさいからいいだろう）に潜る。

昨日と同じように、薄暗い通路の先からスライムが二体現れた。

「一体だけで出てくれればな……」

今のＭＰでは一体を倒し切るのがやっとだ。ＭＰは自然回復するが、戦闘中は回復速度が遅くなる。回復するのを待ってたら、先にこっちがやられてしまう。

「一体倒して『逃げる』。それしかない」

目的は「逃げる」の検証なんだ。むしろ都合はいいのかもな。

スライムは足が遅いから、「逃げる」最中にも追いつかれにくい。スライムはあまり知能が高くないらしく、戦闘中なにもせずに様子を見てることもある。

俺は先行するスライムにファイアアローを連射する。

連射と言っても、発射間隔は二、三秒。

五発で落とすまでに十秒以上かかってしまった。

残りのスライムは、あと数回弾めば俺に届くところまで迫ってる。

「さあ、やるか！」

と、気合いを入れるが、やることはもちろん「逃げる」だけ。

最弱のモンスターに背を向けて、必死の形相で逃げる俺。

残り二十秒、幸運回避。

十五秒、体当たりがかする。
十、溶解液を幸運回避。
五、体当たり直撃。
0――「逃げる」成功だ。

《「逃げる」に成功しました。》
《経験値を得られませんでした。》
《SPを3獲得。》
《420円を獲得。》
《「ポーショングミ」を手に入れた!》
《256円を落としてしまった!》

「落としてしまった!　……じゃねえんだよ、くそっ!」

ただでさえ金欠だってのに!

……でも、それはわかってたことだ。

自分のステータスを見ると、HPは3/7。かすった体当たりと直撃した体当たりで合計4くらった計算だ。防具のおかげで被ダメはマシになっている。

「ドロップアイテムは得られるんだな」

俺はいつのまにか手のひらに現れていた水色のグミを指でつまむ。

ポーショングミは最下級の回復アイテムだ。回復量はわずかだが、今の俺には十分だろう。

グミを口に放り込む。予想に反してグミらしい嚙みごたえはなく、一瞬で溶けるようにしてなくなった。味はかなり薬っぽい。好みが分かれそうだが、わりと好きな味かもな。

ステータスを再確認する。ＨＰは全快していた。全快といっても４回復しただけなんだが。

「グミが手に入るのは有り難いな」

そうでなければ、回復魔法の取得を考えなければならなかった。他にもほしいスキルがある状況で回復にＳＰを取られるのはかなり痛い。

「攻撃にもＭＰを使ってるからな……」

ＭＰは自然回復するが、ＨＰの回復まで魔法に頼ってしまうと、ＭＰの回復を待つ時間が長くなる。当然、そのあいだにモンスターが現れないとも限らない。

「前回はドロップしなかったから、確定ドロップではないんだろうけどな」

グミは探索者ショップでも買ってきた。最下級のポーショングミはありふれたアイテムらしく、武器や防具ほどには高くない。

「じゃ、何度か試してみるか」

回復を終えた俺は、通路の奥へと目を向けた。

†

とりあえず十回、やってみた。

スライム二体のうち一体を魔法で撃破、全力で「逃げる」。

ＨＰの回復とＭＰの自然回復を済ませ、同じことをくりかえす。

「だんだんわかってきたな」

一度ダンジョンを出て雑木林に戻り、ペットボトルのお茶で喉を潤しながら考える。

スマホを取り出し、俺はわかったことを箇条書きにする。


俺の固有スキル「逃げる」についてわかったこと
①「逃げる」途中でダメージを受けても逃げタイマーに影響はない。
②「逃げる」前に倒したモンスターの経験値は得られない。
③「逃げ」た場合でも、ＳＰとお金、ドロップアイテムは手に入る。
④「逃げる」成功後、俺は少し離れたところにワープし、敵は戦闘開始前の位置に戻される。このとき、戦闘で倒したはずのモンスターも「復活」する。

「……こんなところか」

ひとつずつ見ていくことにしよう。

まず①。

『「逃げる」途中でダメージを受けても逃げタイマーに影響はない。』

これは単純に有り難い仕様だな。「逃げる」には、ゲームにありがちな「途中でダメージをくらうと逃げタイマーが戻る」というシステムはなかったらしい。

現状、逃げるのに二十五秒もかかるからな。もし途中でのリセットがある仕様だったら、敵の攻撃すべてに幸運回避が発動することを祈るはめになっていた。

「もしリセットありの仕様だったら昨日ので死んでたな……」

どれだけ無謀なことをしてたかがわかって、今さらながら震えがきた。

次に②。

『「逃げる」前に倒したモンスターの経験値は得られない。』

「これはわかってたことだけどな」

「天の声」がはっきりと《経験値を得られませんでした。》と言ってるからな。「逃げる」が成功した時点で一体でもモンスターが残っていたら、倒した分の経験値も無効になるってことなんだろう。ゲームっぽく考えれば、モンスターを全滅させた時点で経験値の獲得処理が行われるってことか？

この仕様は、俺にとっては困りものだ。

「経験値が得られるなら、一体だけ倒して『逃げる』形でもレベル上げができたんだけどな……」

とはいえ、そんな方法じゃ普通の探索者と比べて稼ぎの効率が悪すぎる。

今度は③。

『「逃げ」た場合でも、SPとお金、ドロップアイテムは手に入る。』

「経験値は入らないのに、SPは入るんだよな。どういうことなんだ？」

これまたゲームで考えるなら、経験値とSP・お金・ドロップアイテムの処理は別ってことか？

経験値はモンスターの全滅時に判定するが、SP・お金・アイテムは一体ごとに判定してるとか？

どうして経験値だけが別処理になってるんだ？

しばらく考えて、俺は気づく。

「……ああ、そうか。経験値は頭割りだ。戦闘終了時の生存人数が確定しないと、分配処理ができないのか！」

経験値は、パーティの人数で頭割りされる。たとえば、五人パーティが1000の経験値を得たとすると、一人当たりの獲得経験値は200となる。

でも、もしその戦闘でメンバーが一人死んでしまったら？　1000の経験値を四人で分けて、一人当たりの経験値は250となるはずだ。

だから、戦闘が終わってみるまでは、一人当たりの経験値が確定しない。

一方、SPは同じポイントが全員に与えられる。戦闘でメンバーが減っても、生き残りがその分多く得られるわけじゃない。得られるSPはモンスターを倒した時点で確定してるってことだ。

「じゃあ金は？　頭割りだよな？　いや……そうか」

お金には、モンスターを撃破するごとに演出がある。モンスターが消えたあとに残されたマナコインが、光となってスマホに吸い込まれるという演出だ。マナコインという現物があるから、モンスターを一体撃破するごとに回収と分配が行われてるってことなんだろう。

「ドロップアイテムは……まあ、わかるかな」

ドロップアイテムの種類や個数がパーティの人数に左右されることはない。倒したモンスターに応じて得られるものが決まってる。モンスターを撃破したタイミングでドロップアイテムが確定するというのは、直感的にもわかりやすい。

「経験値だけは、戦闘終了時のパーティの人数を『見て』から処理される。でも、それ以外のものはモンスターを一体撃破するごとに処理されてる……」

実際のところはわからないが、俺に思いつく範囲でこれ以上に説得力のある説明はなさそうだ。

「……ってことは、さっきのやり方をくりかえせば、スライムの撃破SP2を稼ぐことはできるってわけか」

経験値は得られない。

お金は得られるが、「逃げる」たびに所持金の40±20%を落としてしまう。

それでも、SPだけは確実に得られる。

SP以外で残るのはドロップアイテムくらいか。

十回の試行でポーションググミは八個落ちた。Ｗｉｋｉにはそんなに落ちるようには書かれてなかったから、ひょっとすると幸運の高さが影響してるのかもしれない。

お金を落とす分をドロップアイテムの売却で埋め合わせることはできるだろうか？

いや、ポーショングミじゃ厳しいな……。

結局、「逃げる」で得られるのは撃破時SPの2だけか……。

「……ん？　待てよ。さっきまで獲得してたSPは『3』じゃなかったか？」

DGPで「天の声」のログをチェックする。

やはり、《SPを3獲得。》となっていた。

Wikiの誤記か？

いや、こんな誰もが倒すモンスターのSPに誤記があったら、とっくの昔に訂正されてるはずだ。

「ああ、そうか。獲得SPはモンスターとのレベル差で補正がかかるんだったな」

モンスターのレベルが探索者のレベルより高いとSPが増え、低いとSPが減る。具体的には、モンスターのレベルが自分より1～9高いと獲得SPが1・5倍になり、10以上高いと2倍になる。逆に、モンスターのレベルが1～9低いと獲得SPは1／2になり、10以上低いと0になる。

「さっきのスライムは俺よりレベルが1～9高かったってことだな」

俺、スライムよりレベルが低いのか……。

って、そんなことで凹んでどうする。なりたてなんだからしょうがないだろ。

ともあれ。さっきの獲得SPが3だったのは、スライムの撃破時獲得SP2が1・5倍になってたからだな。

「低レベルにもメリットはあるってことか」

まあ、モンスターを倒していればレベルが上がって、レベル差補正なんてすぐになくなってしまうわけだが……。

「……って、待てよ？」

モンスターを残した状態で「逃げ」てしまえば、経験値は手に入らない。

当然、レベルも上がらない。

だが、今のこの世界で、強くなる手段はレベルアップだけではない。

ときにそれより重要となってくるのが、スキルの取得だ。

いくら能力値が上がっても、スキルなしに魔法は使えない。

さらには、スキルを取得すると、能力値にもボーナスがつく。

俺が最初に覚えた「火魔法」なら、MPと魔力にそれぞれ＋50、合計１００ポイントのボーナスがついている。「火魔法」の取得に必要なSPが１００だから、スキル取得に必要なSPと同じだけのボーナスがつくという仕組みらしい。

ボーナスが１００もつくというのは大きく思えるが、それは俺のレベルが低いからだ。

レベルアップ時の成長幅は、レベル１のときの能力値に等しい。レベル１のときの能力値がすべて10の探索者がいたとすると、そいつはレベルが上がるごとにすべての能力値が10ずつ上がる。レベルが１上がったときに上昇する能力値の合計は、八項目に10ポイントずつで80だ。そう考えると、１００というのはそこまで高いとも言えないだろう。SPの稼ぎにくさを思えば、素直にレベルを上げたほうが確実だ。

でも、基本の能力値がピーキーな俺は、普通にレベルを上げただけではステータスが偏る一方になってしまう。とくにHPと防御力が低いのは致命的――文字通り、命に関わる問題だ。

レベル１でＨＰが７の俺と、さっきのオール10君を比べてみよう。俺とオール10君がともにレベル30になったとしたら、俺のＨＰは２１０で、オール10君は３００だ。３の差が90にまで開いてしまう。

レベルが上がれば獲得ＳＰの格上補正はなくなるのに、能力値の格差は広がっていく。それはつまり、他の探索者にくらべて低い能力値で、高レベルのモンスターとの戦いを強いられるということだ。自分のレベルに応じた敵と戦わないことにはＳＰが稼げなくなるのだから。

でも、もしレベルを上げずにＳＰだけを手に入れる方法があるとしたら――？

「いや、『もし』じゃない。その方法は、存在する」

他でもない、俺の手の中に。

「これって……俺しか気づいてないいんじゃないか？」

この狂った現代において、探索者のレベルは単なるゲームのステータスじゃない。社会的な地位（ステータス）でもあるのだ。それを、あえて低く抑える意味はない。

「そもそも、格上のモンスターを相手にするのはリスクが高いよな」

レベルを抑えることで獲得ＳＰは増えるとしても、１・５倍程度では危険に見合うとは言いがたい。格上のモンスターを一体倒す時間で同格のモンスターを二体狩るほうが、早くて安定もするはずだ。

「……いや、それだけじゃない」

経験値には、レベル差による補正がかからない。もちろんレベルの高いモンスターのほうが得られる経験値は多いのだが、レベル差によるボーナスは存在しない。安全を重視するなら、獲得ＳＰを犠牲にしてでもレベルの低いモンスターと戦うだろう。これはゲームではなく現実なのだから。

「芹香が言ってたな。狭いダンジョンで逃げ切るのは難しいから、戦ったほうが安全だと」

逃げられない前提なら、なおさらモンスターよりレベルを高く保とうとするはずだ。ダンジョンに出現するモンスターのレベルなんて、Ｗｉｋｉを見ればすぐにわかる。まともな探索者なら、格上が出るダンジョンにはそもそも立ち入ろうとしないのではないか？

「そう考えると、『逃げる』以外の逃走系スキルも需要がなさそうだよな」

「逃げる」のような悪ふざけじみたデメリットがなかったとしても、そもそも探索中にモンスターからの逃走が必要となるような事態が滅多にない。たびたびそんな事態に直面してるようでは、遠からず探索中に命を落とすからだ。

「逃げる」以外の逃走系スキルの持ち主も、いざというときの備えくらいにしか考えてないのかもしれないな。もしそれが固有スキルなら、ついさっきまでの俺と同じように「ハズレを引いた」と思ってる可能性もある。昨夜ネットで散々調べたが、逃走系スキルの有効活用なんて話はただの一件も見つからなかった。

ということは、つまり……。

「この稼ぎができるのは……世界で、俺だけ？」

言葉にした瞬間、身体の芯がぞくりと震えた。

†

自分の言葉に身震いした俺だったが、すぐに頭を横に振る。

「待て待て。そんな都合のいい話があるもんか？　これまでの人生だってそうだったろ……」

世界中にダンジョンが溢れたこのぶっ壊れた現代において、ダンジョンの研究は人類の最優先事項といっても過言ではない。

そんな中で、俺だけ？

……そんな都合のいい話があるんだろうか？

でも、経験値だけを入手しない手段なんて、普通はない。

あったとしても、わざわざそんなことをする理由がない。

「……いやいや。世界で俺だけかどうかなんてどっちでもいいな。べつに世界のてっぺんを取らなきゃいけないわけでもないんだし」

俺は深呼吸して頭を冷やす。

「大事なのは、俺にもチャンスがあるかもしれないってことだ。それも、特大の……」

普通に考えて、高レベルを目指す競争には果てがない。世界中に探索者がいるんだからな。中には経験値を稼ぎやすいスキルの持ち主だっているだろう。そういう探索者と真っ向から競争しても勝ち目はない。

努力すれば報われる、なんていうけど、あれは嘘だ。そう煽って散々努力させておいて、「他のやつのが優秀だからおまえイラネ」といって切り捨てる。それが、この社会の常套手段だ。

努力が報われるのは、もともと才能のあるやつだけ。探索でいえば、初期能力値に恵まれたやつや、強力な固有スキルを持ったやつだろう。成長性に問題のある俺がいくら心身をすり減らしたところで、恵まれたやつにレベリング競争で勝つのは難しい。

……でも、この方法なら？

探索者は高レベルを目指すもの――その常識に対する逆張りにもなっている。

「これは……ひょっとしたらひょっとするぞ……！」

俺はスマホでいくつかの計算をし、Ｗｉｋｉを調べて必要な情報を整理する。

「よし！　行くか」

……といっても、やることに変わりはない。

スライムを一体倒す。「逃げる」。回復する。以上をくりかえす。これだけだ。

「逃げる」の不思議な点の一つは、逃げたあとの状況だ。こっちは走っていた地点から少し先にワープ。モンスターは戦闘開始時の位置に戻される。

　このとき、倒したはずのモンスターも復活する。かなり気持ちの悪い現象だが、俺にとっては都合がいい。逃げたあとに別のモンスターを探す手間がいらないからな。

　三十分で、ＳＰが１０２になった。

《スキル「魔力強化」を取得しました。》

Skill――――――――――――
魔力強化１
魔力を１２０高める。
――――――――――――――

　このスキル自体は、戦いのための直接的な効果を持たない。でも、ＳＰ１００で取得できるにもかかわらず、能力値へのボーナスは１２０。能力値を強化することだけが目的のスキルである。

　普通なら、魔法系のスキルを取ったほうが攻撃手段も増えて得だろう。だが、レベル１の俺には能力値の上昇幅が大きいことにも意味がある。

　これによって、俺の魔力は一気に１８５になった。

「これで行けるか？　……ファイアアロー！」

　あきらかに勢いを増した炎の矢が、スライムを一撃で葬った。

　逃げ――ようとして迷う。

　――一撃でスライムを倒せるなら、二体とも倒してしまえばいいのではないか？

「いや、ちがうだろ！」

俺は、ためらいを振り払うように後ろにダッシュ。逃げエリアの外に向かう。

たしかに、今の威力ならスライム二体を倒すことはできる。

でも、そうなったら経験値が手に入ってしまう。

……「手に入ってしまう」という表現もおかしいが。

スライム二体を倒して経験値を獲得しました！　……なんてのは、普通の探索者のやることだ。

普通というか、俺以外のすべての探索者がやることだな。

それと同じことをしてしまっては、俺にしかない強みをみすみす手放すことになってしまう。

だから、「逃げる」。

幸運回避の調子が悪くて体当たりを三発くらったが、これまで通り逃げ切れた。

《「逃げる」に成功しました。》
《経験値を得られませんでした。》
《４２０円を獲得。》
《「ポーショングミ」を手に入れた！》
《２１４円を落としてしまった！》

俺は手の中に現れたグミを口に放り込む。

「……いや、稼げたのはいいけど、これだと前に進めないな」

前に進もうとすれば、スライムを全滅させなければならない。スライムを全滅させれば、経験値が入ってしまう。ジレンマだ。

「スライム二体の経験値ならまだレベルは上がらないだろうが……」

それでも、倒し続ければすぐに上がる。

「ここで稼げるだけ稼いで他のダンジョンに行くか？　いや……」

ダンジョンの入口でしか稼げないのは、いくらなんでも効率が悪すぎる。

それに、入口付近でこんな不審なことをしてたら目立ってしかたがない。このダンジョンは人が来ないからいいとしても、そこそこ人のいるダンジョンでこんなことをやってたら、いつ秘密がバレないとも限らない。先のことまで考えれば、いずれは前に進む必要に迫られる。

俺はしばし考え、

「よし、決定から逃げよう」

一度レベルを上げてしまえば、あとから下げる手段はない。

レベルを上げるにしても、基本能力値の低い俺は、ＳＰを稼いでスキルを取り、能力値にボーナスをつけないことには戦えない。

いずれにせよＳＰ稼ぎが必要なら、まずはここで稼いでおくべきだ。

レベルを上げてでも奥に進むか、それとも他のダンジョンに移動してそこでも入口での稼ぎを続けるか――それを判断するのは、ある程度戦力が整ってからでも遅くない。

……と、えらそうに言ったが、「そのうちいい案が思いつくだろう」という逃げである。

なんなら、「逃げる」のスキルレベルが上がるまで粘ってもいいかもな。

さいわい、このダンジョンでは、昨日も今日も出入りする探索者を見ていない。アクセスがいいわけでもないスライムしか出ないDランクダンジョンなんて、見向きするやつはいないのだ。

一度そうと決まれば、やることは単純だ。

「SPを……稼ぐ！」

二十分で１０２。

Skill――――――――――――

ＨＰ強化１

ＨＰを１２０高める。

――――――――――――

まずは安全を買うためにこのスキル。

さらに二十分後に、

Skill――――――――――――

ＭＰ回復速度アップ１

ＭＰの自然回復速度を（S.LV×10）%向上させる。

――――――――――――

これで稼ぎのインターバルが一割短縮された。

今度は十八分で、

Skill────────
MP強化1
MPを120高める。

MPの自然回復速度は最大MPにも依存する。これで「ファイアアロー」分のMPを回復するのに休みがほとんどいらなくなった。
十五分。

Skill────────
簡易鑑定
対象の名前とレベルを見ることができる。

やっぱりこれは必要だろう。簡易じゃない正式な「鑑定」は必要SPが10000とべらぼうに高いが、簡易版のほうは100で済む。ただし、このスキルには能力値ボーナスが付いてない。
それから十五分ずつかけて、

Skill────────
防御力強化1
防御力を120高める。

Skill――――――――――――――
身体能力強化１
攻撃力と防御力を60ずつ高める。

Skill――――――――――――――
精神力強化１
精神力を１２０高める。

Skill――――――――――――――
幸運強化１
幸運を１２０高める。

Skill――――――――――――――
回避アップ１
回避が発生しやすくなる。

Skill――――――――――――――
敏捷強化１

敏捷を１２０高める。


と、スキルで能力値を補強する。

他の属性の魔法や武器スキルなんかは後回しだ。どうせこのダンジョンにはスライム系しか出ないからな。

で、ステータスはどうなったかというと……。

「ステータスオープン」

Status
蔵式悠人
レベル　1
HP　103／103
MP　234／234
攻撃力　34
防御力　85
魔　力　185
精神力　220
敏　捷　549
幸　運　865

・固有スキル
逃げる　S.Lv1

・取得スキル
火魔法１　魔力強化１　HP強化１
MP回復速度アップ１　MP強化１
簡易鑑定　防御力強化１　身体能力強化１
精神力強化１　幸運強化１　回避アップ１
敏捷強化１

・装備
防毒のイヤリング
旅人のマント
SP　7

「うん、見違えたな」

攻撃力が低いのは、魔法で戦うからと割り切ろう。

防御力の85は、他とくらべれば低いが、それでもオール10君に換算してレベル8相当の値である。せっかく「防御力強化」を取得しても「逃げる」のマイナス補正（－60％）で上昇分を削られるのが悲しいとこだけどな。

しかし逆に、＋２００％、＋４００％もの補正がかかる敏捷と幸運の値は早くもインフレの兆しがある。幸運回避のおかげで、スライムの攻撃がさっきからほとんど当たってない。ドロップアイテムのポーショングミも余る一方だ。ドロップ率が目に見えて高いからな。

でも、金のほうはまったくといっていいほど貯まらない。

もちろん、「逃げる」たびに所持金の40％前後を落とすという仕様のせいだ。

厄介なのは、落とすのが所持金の40％前後だってことなんだよな。その戦闘で得た金ではなく、俺の全所持金が母数なんだ。つまり、落とさずに済んだ残りの分も次の「逃げる」で削られてしまう。

やっぱり余ったグミを売って金にするしかないか……。

「今日はこんなとこにしとくか」

入口から先に進めないという問題が未解決だが、十分な成果はあっただろう。

†

「……やっぱり、参考になるような情報はない、か」

家に帰り風呂に入った俺は、パソコンにかじりつきながらため息をついた。

「逃げる」で経験値の獲得を回避し、レベルを低く保ったままでSPを稼ぐ――。

革命的な稼ぎだと思ったが、ひとつ致命的な弱点もあった。

モンスターを倒さなければ前に進めず、ダンジョンを踏破することができないのだ。

もちろん、Ｗｉｋｉを見ても解決策は見つからない。

でも、これは考えようによっては朗報だ。すくなくともネットではこの稼ぎ方は知られてないってことだからな。

この稼ぎが俺の固有スキルに依存してる以上、同じことができる探索者はほとんどいないか、まったくいない。もしいたとしても、この稼ぎに気づく前にレベルを上げてしまったらその時点でアウトだ。

ネット上に有益な情報があるとは思えなかったが、ヒントくらいはないかと思ってネットを漁る。

Ｗｉｋｉの細かい文字を追ってるうちに、気づけば日付が変わっていた。

「ふう……」

モニターを睨み続けたせいで目が痛む。

目頭をもみながらベッドに寝転がると、耳元に硬いものが押し付けられる感覚があった。

思わず手を伸ばし、すぐに気づく。

「芹香がくれたやつか」

芹香がくれたのは「防毒のイヤリング」。あのダンジョンにはポイズンスライムも出るからな。

それを見越してくれたんだろう。イヤリングなんて初めてつけたから、風呂に入ったときも外すのを完全に忘れてた。

「そこまでたどり着けてないのが申し訳ないな」

ちょっと奥に行けば遭遇するはずなんだが、その「ちょっと」が進めない。

「スライムより美味しいから積極的に狙いたいんだけどな……」

ポイズンスライムの撃破時獲得ＳＰは４。スライムの倍だ。俺のばあいはレベル差補正もかかって、獲得ＳＰは６になる。

入口のスライムを全滅させて奥のポイズンスライムを狙ったほうが、稼ぎの効率は高くなる。

だが、そのためには、スライム撃破分の経験値を獲得するしかなくなってしまう。

「やっぱり、逃げてばっかじゃダメなのか？　いや、でも、この優位性を手放すわけには……」

俺は「Dungeons Go Pro」を開いて、あらためて「逃げる」の詳細を眺めてみる。

目の奥が痛くなってきた頃に、ようやくあることに気がついた。

「そうか！　この記述なら……！」

†

翌日、俺は再び雑木林ダンジョンの中にいた。

現れたのは、昨日と同じスライム二体。

先頭のスライムにファイアアロー。もちろん一撃で蒸発した。

で、昨日までなら後ろを向いて「逃げる」に入るところだが――。

「今日は……こっちだ！」

俺は、前に向かってダッシュする。

もう一体のスライムを敏捷でかわし、その脇をすり抜ける。

そこからダンジョンの奥へとさらにダッシュ。

十メートル。

その地点で、俺はいつもの感覚に襲われた。走っても走っても進まない。目の前に見えないバリアでもあるかのようだ。

進めなくなった俺の視界に、もはや見慣れた半透明の時計が現れる。

「よしっ！　思った通りだ！」

俺は「逃げ」ながらガッツポーズを決めていた。

昨日まで、俺はやってきた方向に戻る形で「逃げ」ていた。

だが、今のはちがう。敵の脇を抜けて、ダンジョンの奥へと「逃げ」たのだ。

「逃げる」という言葉から、俺はつい、後ろに逃げるものだとばかり思い込んでいた。

しかし、「逃げる」の使用条件をよく見ると、

Skill――――――――――――――――――――

使用条件：

戦闘エリアの範囲は、敵の初期位置の中心から半径（10×S.Lv）メートルの空間。


とあるだけで、逃げる方向の指定はない。

左右に逃げようが前後に逃げようが、距離さえ取れれば問題ないということだ。

逃げタイマーが0になり、俺は少し離れた地点にワープした。ワープといっても、逃げエリアから五、六メートル離れたあたりで、転移したような感覚はない。ＲＰＧで、逃げた後に画面が暗転し、ちょっと離れた地点に現れる、あれと同じような感覚だ。

で、その地点は、

「よかった。ちゃんと奥側に進んでる」

「逃げる」成功後に戦闘前の方向に戻される可能性もなくはなかった。もしそうだったら、いくら前に「逃げ」られたところで意味がない。

だが、「逃げる」後の短いワープは、逃げた方向の延長線上に働いていた。

「前に逃げればモンスターをすり抜けたのと同じ結果になるってことだな」

さっき戦ったスライム二体も、無事（？）最初の位置にリスポーンしてる。倒したはずの一体まで「復活」してるあたり、本当にゲームっぽい仕様だよな。

「今さらだけど、倒したはずのモンスターまで復活って……」

なんでそんなことが可能なんだろうな？　いや、それを考えるとキリがないか。それを言い出したら、なぜ現実世界にダンジョンなんてもんが生まれたのかって話にまで行き着くからな。

「同じ編成のモンスターと連戦したいときは後ろに逃げたほうがいいだろうな。逆に、ダンジョンの攻略が目的なら、前に逃げる」

今は一体を倒したが、場合によっては敵を攻撃せずに抜けてもいい。敵が三体以上なら一体だけ残してそれ以外を倒してからのほうが安全かもな。最後にどのモンスターを残すかも重要そうだ。

そのあたりは、「逃げる」あいだにどのくらい攻撃を受けそうかでも変わってくる。

ともあれこれで、敵を全滅させずに前に進む方法が見つかった。

「これで先に進めるぞ……！」

「しかたがないから全滅させる、スライムならどうせ経験値も少ないだろう」なんて安易な妥協をしなくてほんとによかった。

†

解決策を見出した俺は、ダンジョンを奥へと進んでいく。

何度かスライム二体、三体の編成に出くわした。

一体を残してファイアアローで殲滅（せんめつ）し、前に「逃げる」。

そんなことを何度かくりかえすうちに、ついにそいつと遭遇した。

ポイズンスライム　Ｌｖ４

「こいつがそうか」

毒々しい紫色のスライムは、スライムの溶解液に似た泡を全身からぶくぶくと立てている。一緒にいるのは普通のスライム一体だ。スライムのレベルはこれまで戦ってきたスライムと同じく3のまま。

ポイズンスライムはそれよりレベルが1だけ高いことになるが、

「ファイアアロー！」

炎の矢の一撃で、ポイズンスライムは蒸発した。

「よし！　問題ないな」

相方は普通のスライムなので、「逃げる」のにとくに支障はない。

今回は後ろに「逃げる」。もちろん、同じ編成を利用して稼ぐためだ。

「ほしいスキルは星の数ほどあるからな」

俺はにっと笑って、再びファイアアローを解き放つ――。


一時間半で、1004SP。

初めて1000の大台に到達した。

「……うーん。『逃げる』のスキルレベル2はまだ無理か」

スキルレベルを上げるのに必要なSPは、事前にはわからない。所持SPが必要なSPを超えたときに、レベルアップを選べるようになることで初めてわかる。

　一般的なスキルについては必要なＳＰが特定されてるが、固有スキルはスキルごとに千差万別だ。だから今回、ＳＰが１０００を超えるまで様子を見てみたのだが、「逃げる」のスキルレベルを上げられるようにはならなかった。

　で、その１０００を一気に使ってスキルを取得。

《スキル「麻痺耐性１」を取得しました。》
《スキル「石化耐性１」を取得しました。》
《スキル「即死耐性１」を取得しました。》
《スキル「睡眠耐性１」を取得しました。》
《スキル「先制攻撃１」を取得しました。》
《スキル「先手必勝１」を取得しました。》
《スキル「雷魔法１」を取得しました。》
《スキル「風魔法１」を取得しました。》
《スキル「水魔法１」を取得しました。》
《スキル「氷魔法１」を取得しました。》

「ふう。これだけ取れると気持ちがいいな」

普通なら、ＳＰが１００貯まる頃にはレベルが上がってる。スキルをまとめて取得するなんて贅沢(ぜいたく)ができるやつはまずいない。

……もちろん、普通にレベルを上げたほうが能力値は上げやすいさ。スキルだって、たくさんあっても全部使いきれるわけじゃない。パーティを組んで探索する普通の探索者なら、素直にレベルを上げたほうがいいに決まってる。

また、貴重なＳＰは、これと決めたスキルに重点的に投じるべきだとされている。パーティで大事なのは役割分担だ。器用貧乏よりも一芸特化のほうが歓迎されやすい。

でも、俺は密な人間関係が苦手だからな。できることならソロでいたい。固有スキルが「逃げる」だなんて馬鹿にされそうだし、理解されたらされたで秘密漏洩(ろうえい)のリスクがある。

……というわけで、俺はソロ上等！　器用貧乏上等！　で進めたい。

レベルを上げるのが「縦」の成長なら、スキル取得は「横」の成長だ。高さではなく広さを目指す。それが当面の方針になるだろう。

ただ、

「どこかで狩り場のランクを上げたほうが効率はいいんだよな」

一セットでＳＰ６を稼げるポイズンスライム狩りも、安全さを考えると悪くない。

だが、より高レベルのモンスターを狩れれば稼ぎの効率が上がるのも間違いない。

とはいえ、探索者になりたてなのに、調子に乗って狩り場のランクを上げるのも考えものだ。モンスターは、レベルが上がるほどに知能も上がり、スキルも増える。能力値やスキルの数だけで判断するのは危険なのだ。

「とりあえず、このダンジョンを一回踏破してみるか。その感触で考えよう」

この雑木林ダンジョンは一階層しかないことがわかってる。

ボスはいるが、そんなに危険なモンスターじゃない。

俺のステータスは、偏りが大きすぎて、どのくらい強いのか自分でもわかりにくいのが難点だ。だが、ステータスの弱い部分だけで考えても、ここのボスに苦戦するとは思いにくい。

しかも、あらゆるダンジョンのボスには「とある特性」があって、これがまた、俺には有利に働くはずだ。今のうちにそれを確かめておくのも悪くない。

……油断しまくり、フラグ立てまくりのような気もするが、冷静に考え直してみても至る結論は変わらなかった。

「じゃ、行ってみるか」

手始めに、さっき後ろに「逃げ」たポイズンスライムとスライムの編成を、ポイズン撃破ノーマル残し前逃げで華麗にスルー。

これだけでＳＰ６。

やっぱり美味（うま）い。

最大のネックは逃げタイマーが二十五秒もあることだな。正確には（30－5×S.Lv）秒で、「逃げる」のスキルレベルが上がるごとに五秒ずつ短くなる計算だ。タイマーが短くなれば、狩りの効率はもちろん上がる。でも、早めに取っておきたいスキルはまだあるし。「逃げる」のスキルレベルを上げるのは当分先のことになりそうだ。どれだけのＳＰが必要なのかもわからないからな。

その後も、ポイズン撃破ノーマル残し前逃げ、ポイズン撃破ポイズン残し前逃げ、ポイズン２撃破ノーマル残し前逃げなど、要するにグループでいちばん弱いモンスターを一体だけ残して「逃げる」やり口で、ＳＰを稼ぎながらダンジョンの奥へと進んでいく。

戦闘続きで疲れそうなものだが、今のところ支障は感じてない。

ステータスを得た探索者はそのあたりも都合よくタフになるとＷｉｋｉにはあった。自分で体験してみると、まさにその通り。つい先日までひきこもりだった体力皆無の俺なのに、数時間に及ぶダンジョン探索でも、疲れはしても参るというほどではない。

ＲＰＧの主人公って、街から街までモンスターとエンカしながら走り通しで移動してるよな。冷静になってみるとやべーなと思うけど、現代の探索者にはそれに準じる独自のスタミナがあるようだ。

ちなみに、探索者として得たスキルや能力値は、ダンジョンの外でも普通に使える。

しかし、戦闘中の能力値のまま日常生活を送ろうとすると支障が出ることもある。攻撃力の高いやつが外で一般人を小突いたらどうなるか……とかな。

そのため、探索者としての能力は、意識してオンオフを切り替えられるようになっている。

なんともまあ、いたれりつくせりの仕組みだよな。

……で、なんでこんなことをぐだぐだ回想してるのかというと……暇だからだ。

ポイズン倒す、前に「逃げる」、以上。

ダンジョンの内部構造は単純でマッピングしなくてもいけそうだし（一応してる）、戦闘は一撃入れて即離脱という単調なものだ。攻撃を回避し損なうともちろん痛いが、これもまた、耐えられる程度に痛みが緩和されるようになってるらしい。

もし芹香がくれた防毒のイヤリングがなかったら、ポイズンスライムの「毒噴射」が厄介だったのかもしれないな。帰ったら芹香に何かお礼をしないといけないだろう。芹香は探索者として俺のずっと先を行ってるみたいだから、礼になるようなことなんて思いつかないんだが。

《「逃げる」に成功しました。》
《経験値を得られませんでした。》
《SPを6獲得。》
《680円を獲得。》
《「解毒の実」を手に入れた！》
《475円を落としてしまった！》

金は泣けるほど貯まらないが、ＳＰは笑えるほど貯まってる。

そうして進むこと小一時間。

ポイズンスライム３、みたいな編成も現れて、いよいよ奥に進んだという感じがする。ポイズンスライムの中にはレベル５の個体も混じりだした。ダンジョンの空気そのものも、なんとなく圧迫感を増したような気がするな。

「……ん？　あれはひょっとして……」

俺はダンジョンの奥に、両開きの重厚な金属の扉を発見した。

その前には、ファンタジーな女神像のあるやや広い空間がある。Ｗｉｋｉの情報では、ボス部屋前に必ずあるという安全地帯だ。

「いよいよだな」

重たそうな金属扉の奥からは、何やら物騒な気配が漂ってくる。

――あの奥に、このダンジョンのボスがいる。

†

ぎいいいいっ……と、軋(きし)んだ音を立てて、ボス部屋の扉を押し開く。

だだっ広くて天井の高いドーム型の部屋は、格闘マンガに出てくる地下の秘密闘技場みたいな雰囲気だ。さすがに観客席はないけどな。

その真ん中に、一体のスライムが佇(たたず)んでいる。

距離があるから、一見すると普通のスライムのように見えてしまう。

だが、彼我(ひが)の距離を冷静に見れば、そのスライムがかなり大きいことはすぐにわかる。

そうだな……近所でヤンキーっぽい家族が乗り回してるデカいミニバン。あれを丸呑(まるの)みできるくらいの大きさだな。

——ぷぎゅるるるるおおおおっっっ！！！


「うおっ⁉」

スライムがいきなり上げた雄叫びにのけぞる俺。

——俺のかわいい手下を死ぬほど殺しやがって、しばくぞワレ！

……といったふうに聞こえたのは気のせいか？

それはさておき、「簡易鑑定」してみよう。

ヒュージスライム　Ｌｖ７（レベルレイズなし）

《チュートリアル：ダンジョンボスについて。》
《ダンジョンボスのレベルが探索者のレベルより低い場合、ダンジョンボスのレベルは探索者と同じレベルまで引き上げられます。レベルレイズの有無はボスのステータスを見ることで確認できます。》
《ダンジョンボスからは経験値を獲得できません。ただし、通常のモンスターよりもはるかに多く

のSPを得ることができます。》

「簡易鑑定」と同時に、「天の声」からも解説が入った。

そう。ダンジョンボスには「レベルレイズ」という仕組みがある。「天の声」が解説した通り、ダンジョンボスのレベルが探索者と同レベルまで自動的に引き上げられるという仕組みである。

と同時に、ダンジョンボスには経験値がない。ダンジョンボスを倒しても、レベルが上がることはないということだ。

まるで俺のためにあつらえたかのようなシステムだが、もちろん、そんなわけはない。

ボスから得られるSPは、通常のモンスターとは桁が違う。もしレベルレイズがなかったら、低ランクダンジョンのボスをくりかえし倒すことで効率よくSPを稼げることになってしまう。レベル差補正で獲得SPが下がったところで、元のSPが高ければ採算がとれるからな。

しかし、レベルレイズがあることで、この稼ぎは成り立たないようになっている。

一般に、自分と同レベルのモンスターとの戦いには、十分な事前準備が必要だ。とくにボスモンスターは、レベルが上がると新たなスキルを覚えてることもある。低レベルのときに勝てたからといって同じように勝てるとは限らない。高レベルの探索者でもボス戦には相応のリスクを負わされるということだ。

ダンジョンボスから経験値が得られないのも、同じく高レベル探索者が低ランクダンジョンに居座らないようにするための「配慮」だと言われている。誰が、どうして、どうやってそんな「配慮」をするのか？　というあたりについては、誰もまともに説明できないらしいけどな。

ひるがえって、目の前のヒュージスライム君である。

Ｗｉｋｉによれば、ヒュージスライムは低ランクダンジョンのボスの中では最もありふれたモンスターの一種だという。基本的な行動パターンは、弾力のある巨体を生かしたハイジャンプと、その質量による押し潰し。たまにだが溶解液も吐いてくる。早い話が、デカくなっただけのスライムだ。

しかし、このヒュージスライムは、レベル10になると「分裂」というスキルを使うようになる。文字通りヒュージスライムが二つに分裂するわけだが、この分裂した二体は、最大ＨＰが半分になる以外は元のヒュージスライムと同じ能力を持っている。ボスが事実上二体になるわけで、このスキルがあるとないとではボス戦の難易度ががらりと変わってくる。

だから、ヒュージスライムに挑むのならレベルが一桁のうちにしたほうがいいと、Ｗｉｋｉにはあった。あるいは、もっとレベルを上げて、スキルも充実させてから挑むべきだと。

さて、ここまで長々と解説してしまったが、これはどう考えても――。

ぴゅぎいいい、と鳴いて、ヒュージスライムが飛び跳ねる。

ヒュージスライムは天井近くまで跳び上がった。

あの質量があの高さから落ちてきたら、人間なんて一発で潰される。

ステータスで強化された探索者であっても大ダメージは免れない。ＨＰや防御力の低い探索者なら、一撃でやられることだってあるだろう。

もうダメだぁ！　おしまいだぁ！

……なんてことはもちろんなくて。

「——悪いな。どうも、苦戦する余地がないらしい」

俺の思い描いたイメージに従い、宙に掲げた手のひらの前に、赤く輝く炎の槍が出現する。

「フレイムランス！」

一条の火箭がスライムを貫き——。


ぴうぎゃっ……。

中途半端な悲鳴とともに、ヒュージスライムが弾け散った。

《ダンジョンボスを倒した！》
《ダンジョンボスに経験値はありません。》
《SPを46獲得。》
《7700円を獲得。》
《「マジカルグミ」を手に入れた！》

「よし、終わったか」

いや、どうやら終わってなかったらしい。

「天の声」には続きがあった。

《特殊条件の達成を確認。スキルセット「魔法一閃」を手に入れました。》

「……なんだって？」

予想もしてなかったアナウンスに、俺は慌てて「Dungeons Go Pro」を開く。

Congratulations!!!――――――――――――――――

特殊条件達成：「魔法を用いて自分と同じレベル以上のダンジョンボスを一撃で倒す」

報酬：スキルセット「魔法一閃」

「魔法一閃」を入手したことにより、セットに含まれる以下のスキルを獲得します。

「強撃魔法」「魔法クリティカル」「古式詠唱」

――――――――――――――――――――――――

Skill――――――――――――――――――――

強撃魔法1

消費ＭＰが（S.Lv×10）％増える代わりに魔法の威力が（S.Lv×15）％上がり、ノックバックが発生する。

Skill

魔法クリティカル1

魔法攻撃にクリティカルヒットが発生するようになる。

Skill

古式詠唱1

特殊な呪文を唱えることで、（50－S.Lv×10）％詠唱時間が延びる代わりに魔法の威力が2倍になる。

「うわっ⁉　なんだこれ⁉」

どれも強力なスキルだよな。「魔法一閃」の名にふさわしく、相乗効果まで期待できる。

「こんな隠し条件があったのか……」

Ｗｉｋｉにもそんな話はなかったと思うが。俺にとっては嬉しい誤算だ。

「でも、これを手に入れたやつってどのくらいいるんだ？」

ダンジョンボスを一撃で、という条件は、達成がかなり難しそうだ。ダンジョンボスは、レベルレイズで探索者と同レベルになるからな。魔法系の固有スキル持ちがバフをかけまくって強力な魔法を使っても、なかなか一撃とはいかないんじゃないか？

これだけでも十分すごいのだが、「天の声」はまだ続く。

《葛沢南ダンジョンを踏破しました！》

《特殊条件の達成を確認。「秘伝書・序の巻」を手に入れました。》

Congratulations!!!―――――――――――――――――――

特殊条件達成：「Cランク以上のダンジョンをレベル5以下で踏破する」（初回のみ）

報酬：「秘伝書・序の巻」

―――――――――――――――――――

Item―――――――――――――――――――――

秘伝書・序の巻

使用するとSPを4000獲得。

―――――――――――――――――――

「うおっ、なんだこのアイテム……！」

使うだけでSPが4000も⁉

俺なら時間をかければ稼げるが、普通はそんなに稼ぐ前にレベルのほうが上がってしまう。そもそも「秘伝書」なんてアイテム、Wikiには載ってなかったぞ。

《特殊条件の達成を確認。スキルセット「なりきり忍者キット」を手に入れました。》

Congratulations!!!――――――――――――――――――――
特殊条件達成：「Cランク以上のダンジョンをレベル5以下かつソロで踏破する」（初回のみ）
報酬：スキルセット「なりきり忍者キット」
「なりきり忍者キット」を入手したことにより、セットに含まれる以下のスキルを獲得します。
「索敵」「隠密」「忍術」

――――――――――――――――――――

Skill――――――――――――――――――――
索敵1
周囲に存在するものを直観的に把握する。範囲・対象等はS.Lv他、複合的な要素によって変化する。

――――――――――――――――――――

Skill――――――――――――――――――――
隠密1
自分の気配が周囲に漏れるのを防ぐ。S.Lvに応じて気配の漏洩率(ろうえいりつ)が低下する。

――――――――――――――――――――

Skill――――――――――――――――――――

忍術１
忍者が修めていたとされる独自の擬似魔法様能力を使うことができる。忍術の効果は魔力の他に敏捷の値にも影響される。

「『索敵』に『隠密』⁉　レアスキルじゃないか！」

「索敵」も「隠密」も、スキルの存在自体は知られている。だが、所持者が少なく、取得条件は一部の者しか知らないという。唯一知られてるのは、何らかの条件を満たさないとＳＰが足りてても取得できないということだけだ。

いずれ「警戒」や「忍び足」を取るつもりだったが、先にレアなほうが手に入るとはありがたい。

「さすがにもう打ち止めか？」

と思ったが、俺が消化するのを待ってたかのように、「天の声」がさらに響く。

《特殊条件の達成を確認。スキルセット「平和を愛するあなたに」を獲得しました。》

Congratulations!!!

特殊条件達成：「ダンジョンをダンジョンボス以外のモンスターを倒さずに踏破する」
報酬：スキルセット「平和を愛するあなたに」

「平和を愛するあなたに」を入手したことにより、セットに含まれる以下のスキルを獲得します。
「ノックアウト」「サバイブ」「追い払う」

Skill ――――――――――
ノックアウト
対象のＨＰが０になる攻撃を行ったとき、対象のＨＰを１だけ残し、対象を行動不能状態にする。
行動不能状態は対象のＨＰが回復されるまで継続する。

Skill ――――――――――
サバイブ
自分のＨＰが０になる攻撃を受けたとき、ＨＰ１で生き残る。１戦闘中に１回のみ有効。

Skill ――――――――――
追い払う
自分よりレベルの低いモンスターを追い払うことができる。

「最後の以外は使えるな」
「ノックアウト」を使えば、敵を倒さずに無力化し、安全に「逃げる」ことができそうだ。

「サバイブ」があれば、「逃げる」ときの不慮の事故が減らせるだろう。普通に戦うばあいでも、ソロの俺には保険として役に立ちそうなスキルだ。

「追い払う」だけは、残念ながらレベル1のままでは使いようがない。

ここまででもお腹いっぱいという感じだが、

「いやぁ、いくらなんでも今ので打ち止めだよな？　これ以上スキルがもらえるなんて、そんな都合のいい話あるわけが……？」

と、期待含みで待つ俺に、

《特殊条件の達成を確認。スキルセット「貪食者を喰らう者」を手に入れました。》

Congratulations!!!――――――――――――

特殊条件達成：「種族：スライムを４００体連続で撃破する。うち1体以上ボスモンスターを含む」

報酬：スキルセット「貪食者を喰らう者」

「貪食者を喰らう者」を入手したことにより、セットに含まれる以下のスキルを獲得します。

「自己再生」「毒噴射」「分裂」

――――――――――――――――――

Skill――――――――――――――――

自己再生1（モンスター専用スキル）

細胞分裂を活性化し、傷を急速に治癒させる。体細胞が残っていればＨＰが０になっても発動するが、失われた魂は戻らない。回復量：１秒ごとに最大ＨＰのS.Lv％

Skill

毒噴射１（モンスター専用スキル）
状態異常「毒」を起こす霧を噴射する。散布範囲：自分を中心に半径（S.Lv×1.5）メートルの空間

Skill

分裂１（モンスター専用スキル）
自分の身体を二つに分ける。分裂後の個体はＨＰが１／２になるが、他の能力値・スキルはそのまま受け継ぐ。S.Lvに応じて、分裂後にさらに分裂することができる。
【注意】不定形のモンスター以外が使用した場合、正常に動作する保証はない。

「なるほど。連続撃破でモンスター専用のスキルがもらえるのか」

「自己再生」は便利そうだが、他はどうだろう？

「毒噴射」は使いどころが少なそうだよな。一撃離脱で戦う俺にとって、敵を毒にするメリットはあまりない。持続ダメージは長期戦でこそ生きるからな。

「分裂」は……論外だろ。最後の一文が怖すぎる。

しかし、同種だけで四百体連続か。普通に戦ってたらまず満たせない条件だよな。発見させる気があるのかと疑いたくなるような条件だ。

特殊条件なんてものの存在自体知られてないことを思うと納得ではあるのだが。

俺のばあいは「逃げる」を使ったイレギュラーな進行が偶然にも嚙み合って、いくつもの特殊条件を同時に満たすことになったみたいだな。こんなの、奇跡みたいなもんだって。

「……さすがにもう終わった……よな？」

《チュートリアル：ダンジョンを踏破しました。ダンジョンの奥に帰還用ポータルがあります。》

「うん、それは知ってる」

安心するやら、がっかりするやら。

俺はボス部屋を横切って、奥にあった扉を押し開く。

そこには、白い光を湛えた水鏡のようなものが浮いていた。

緊張してたつもりはなかったが、やっぱり出口を見つけるとほっとするな。

「さ、帰るか」

望外にも程がある成果を得た俺は、ほくほく顔で出口のポータルに飛び込むのだった。

Status

蔵式悠人
レベル　1
HP　1232／1232
MP　834／834
攻撃力　334
防御力　165
魔　力　1485
精神力　2380
敏　捷　1749
幸　運　2865

・固有スキル
逃げる　S.Lv1

・取得スキル
火魔法2　魔力強化1　HP強化1
MP回復速度アップ1　MP強化1　簡易鑑定
防御力強化1　身体能力強化1　精神力強化1
幸運強化1　回避アップ1　敏捷強化1
麻痺耐性1　石化耐性1　即死耐性1
睡眠耐性1　先制攻撃1　先手必勝1　雷魔法1
風魔法1　水魔法1　氷魔法1　強撃魔法1
古式詠唱1　魔法クリティカル1　索敵1
隠密1　忍術1　ノックアウト　サバイブ
追い払う　自己再生1　毒噴射1　分裂1

・装備
防毒のイヤリング
旅人のマント

SP　51

---

†

ダンジョンから出ると、外はすっかり暗くなっていた。

「――ゆうくんっ！　無事⁉」

「わっ、芹香⁉」

いきなり駆け寄ってきたのは芹香だった。そのまま抱き着いてきそうな勢いだったが、さすがに俺の前で立ち止まる。芹香は俺の全身をぺしぺしと確かめながら、

「怪我とかしてない⁉　状態異常は⁉」

青い顔で聞いてくる芹香に、

「大丈夫だって。芹香のくれたアクセサリのおかげで毒にもならずに済んだよ」

「よかったぁ～」

へなへなっと、芹香がその場にしゃがみこむ。ビシッと決まった白い女騎士ルックが台無しだ。

「まさか、待っててくれたのか？」

「だって、おばさんが悠人がまだ帰ってきてないって言うから……」

「オーバーだなぁ」

「オーバーじゃないよ！　今何時だかわかってるの⁉」

「何時って……うわ、もうこんな時間か！」

スマホの待機画面には「22：03」と表示されていた。こっちも大人とはいえ、心配するのも当然だ。

「私なんて、昨日ステータスも見せられてるし！　まさかのことがあったんじゃないかって心配にもなるよ！」

「う……それもそうだ」

「逃げる」なんていうハズレスキル（当時）と、その補正で紙装甲になったステータス。

しかも、パーティも組まずにソロで探索。

いくら挑んでいるのが最下級のダンジョンとはいえ、心配するなというほうが無理だろう。

自棄になって無理な探索をしてるんじゃないか……なんて考えも浮かぶだろうしな。

実際、人生を懸けて決死の覚悟で臨んでたんだから、あながち的外れな心配でもない。

「大丈夫。今日だけでめちゃくちゃ強くなったんだぜ？」

「もう、そんなわけないでしょ。低レベルのスライムしか出ないダンジョンなんだよ？」

「いや、ほんとだって」

まあ、信じてもらえないのも無理はないか。それくらい異常な成長を遂げてるからな。

芹香は腰に手を当てて、

「悠人はすぐそうやって強がるんだから。ゆっくり、自分のペースで強くなればいいんだよ。勝てなかったら逃げたっていい。そのためのスキルなのかもしれないし」

それが、芹香なりの「逃げる」の解釈なんだろう。たしかに、一理はあるかもしれない。

でも、

「……もう、逃げたくなんてないんだけどな」

顔をしかめて言う俺に、芹香は驚き半分、納得半分という顔をした。

「やっぱり。悠人、忘れちゃってるんだね」

どこか淋しげにつぶやく芹香に、

「忘れる？　何をだ？」

「今言った言葉。『勝てなかったら逃げたっていい』。むかし、悠人が言ってくれたことなんだよ？」

昔……というと、中学以前のことだよな。高校からは学校がちがうからな。

「……いつ？」

「最初は、小学生の時かな。覚えてる、悠人？　私たち、この雑木林に勝手に秘密基地を作ってさ……」

懐かしそうに微笑む芹香に、俺も記憶が蘇る。

「ああ！　そんなこと、やってたな。一応ここも私有地なのに」

「地主のおじいちゃんに怒られたよね。ま、最後には見逃してくれたんだけど」

「だったな。あれ？　そういや、あの秘密基地ってどこにあったっけ？」

トタン板やダンボールで作ったちゃちな小屋だ。十数年も経って残ってるとは思えないが。

「気づいてなかったの？　ちょうどここだよ」

「ここ？」

「そう、ここ」

言って芹香が指さしたのは、ダンジョンの入口である黒い水鏡のようなものだ。

「あの真上にダンジョンができたのか」

「残念だけど、なくなっちゃったね」

「そうだな……」

「でも、こんなのは見つけたよ」

と言って、芹香は虚空から何か四角いものを取り出した。虚空からってのは、「アイテムボックス」のスキルだな。

弁当箱くらいのサイズの四角いものは、ダンジョンの入口を囲む投光器に照らされて、角のところで鈍く光を跳ね返してる。

有名レジャーランドのお土産の、クッキーの空き缶だ。

ところどころ錆が浮いてるな。相当古いものなんだろう。

芹香は、まるで宝箱のようにその蓋を開く。

その中にあったのは、ボロボロに風化した一冊の本だった。

といっても、お世辞にもロマンチックなものじゃない。

「なんだこれ。『離婚調停の進め方』？　あ、いや、待てよ……」

その本を見て、当時の記憶が蘇る。

その頃、芹香の両親は夫婦喧嘩が絶えなかった。

いや、そんな生やさしいものじゃなく、深刻に離婚を考えるレベルのものだった。

両親が互いを罵り合ってる家に帰りたい子どもなんていないだろう。それでも芹香は、両親が喧嘩するのは自分が悪い子だからだと言って、あの手この手で二人の仲を取り持とうとしていた。

大人はよく、「子はかすがい」なんて気軽に言うよな。でも、反発し合う木材を小さな身体でつなぎとめる役割を担わされた子どもは、どうすればいい？

「そんなときに、悠人がここに連れてきてくれたんだ。家に帰りたくないなら、ここを二番目のおうちにすればいいって」

「……そんなこと言ったのか、俺は」

小学生の頃のこととはいえ、面映い。

「逃げたくなったらいつでも来いって言ってくれた。私が泣きながらここにくると、悠人はいつも話を聞いてくれて、水筒に入れたあったかいお茶とお菓子をくれたんだ」

「……そんなこともあったな」

秘密基地は、作りが甘いからすぐに壊れた。雨風をしのげるように、あっちこっちを自転車で走り回って、材料になりそうなものを探したっけ。芹香が喜びそうなお菓子もな。

「なんとかしようと思って、この本を買ってきたんだよな。子どもの小遣いだから結構高かったんだけど、古本屋のおばあさんが『持っておゆき』って言ってくれてさ」

今から思えば、古本屋のおばあさんもぎょっとしただろうな。小さな子どもが『離婚調停の進め方』なんて本を真剣な顔で買おうとしてたんだから。

「でも、全然理解できなかったんだよね。本が難しくてさ。二人であぁでもないこうでもないって言い合ってた」

「役に立てなくてすまなかったな」

「そんなことないよ！　裁判のこととかはわかんなかったけど、悠人と二人で考えてると元気になれた。一人じゃないんだって。一緒に立ち向かってくれる人がいるんだって。そう思えたんだ」

「そうか」

「悠人から勇気をもらえたから、私、両親に言ったんだ。『そんなにお互いがキライなら、リコンして』って。『夫婦げんかは子どものキョウイクにもアクエイキョウがあるから、別れてほしい』

って」

「そ、そんなこと言ったのかよ」

「二人とも、びっくりしてた。でも、それがきっかけになって、両親は別れた。二人とも、子どものために我慢するって言ってたのに、当の私が悪影響があるって言ったんだもんね」

その後、芹香が母親と暮らしてるのは知ってる。

というか、お隣さんである。

俺の母親はそのへんの事情を知ってるから、何かと芹香や芹香の母にお節介を焼いていた。

「次に悠人が励ましてくれたのは、中学のとき」

「まだあるのかよ」

「まだあるんだよ。いっぱいある」

「まいったな」

「中学に入って、部活に入って。でも、先輩たちが嫌な空気でね。私が直接いじめられたわけじゃないんだけど、同級生の中にはひどいことを言われてる子たちもいて。顧問の先生は気づかないふりをしてた」

「ひどいな」

「そのときも、悠人はそう言ったよ。私、なんとかしようと思ったんだ。顧問の先生に相談したりしてね。でも、それがまずかった」

「……思い出してきたぞ。今どき竹刀（しない）なんか振り回してたよな、あの顧問」

「そうそう。その先生に相談したら、『部活というのは理不尽な上下関係を学ぶためのものなんだ』って。『そんなことで音を上げてるようじゃ社会に出てからやってけないぞ』って」

「ブラック部活動だな、今風にいえば」

　顧問としての管理責任をぶん投げてるだけじゃねえか。

「かもね。しかも、私が相談したことが先輩たちに漏れた」

「最悪だな」

「で、始まったのはひどい言い合い。私は練習試合にも入れてもらえず、走らされてばかり。先生に言っても、『逃げるな』って」

「逃げるな、か。呪いの言葉だよな、それって」

「逃げるな」。その言葉が最もよく効くのは、逃げずにがんばろうと精一杯努力してるやつに対してだ。最初からがんばる気のないやつは、「がんばりが足りない」と言われても「そうですか」と聞き流せる。「がんばりが足りない」「逃げるな」「自分をもっと追い込め」……そういう言葉が刺さるのは、既にギリギリまでがんばってるやつなんだよな。

　がんばることには際限がない。

　まだがんばれるはずだ。

　もっとがんばれるはずだ。

　さらにがんばれば、もっと上を目指せるはずだ。

　そうやって煽って努力させ、その成果を自分の功績にしてしまう。

がんばったあげくに疲れ果てて倒れたやつのことは、もういらないと切り捨てる。

心の折れた本人が自発的に辞めると言うのを待ってることもあれば、うつになるまで執拗に追い込んで、医師の診断を利用して仕事から干すこともある。

学校の部活動は利益が発生するわけじゃないが、それだけにしがらみは複雑だ。

でも、

「逃げればいいんだよ、それって」

俺が言うと、

「ふふっ。変わらないなぁ」

芹香がおかしそうに微笑んだ。

「なにがだよ?」

「中学のときと同じこと言ってる」

「……そうだったか?」

「そんな部活、逃げてやれって言われたよ。芹香のがんばりを認めてくれないんだから、そんなところでがんばったっていいことないって」

「……わかってんじゃん、俺」

俺はおもわずつぶやいた。

「えっ?」

「いや、その頃の俺のほうがよっぽどわかってたんだと思ってな。俺も結局、逃げられないところ

に落ち込んで、ズタボロになったあげく、逃げるしかなかった」

「悠人……」

「しかも、何度も騙されるんだよな。俺ってさ、何かに全力で打ち込みたい、そうじゃないと生きてる感じがしないって、ずっと思ってるみたいなんだ。子どもみたいだけどさ」

「悪いことじゃないよ」

「でも、そういう気持ちを利用するのがうまいやつらっているんだよな。やりがいのある仕事だ、大きな責任を負わせますって言われてその気になってがんばって……それで、このありさまだ」

中学んときの俺が言ったように、さっさと逃げればよかったんだ。

「何事も中途半端なまま投げ出して、残ったのは『逃げた』っていう結果ばかり。そんなの、職歴にもならないし。今度こそはって心を決めて就職しても、また追い詰められて、逃げ出す始末」

職歴が中途半端だから、また環境の悪いところで働くはめになる。抜けようのない悪循環だ。最後には立ち上がる気力すらなくなって、とうとう何もできなくなった。

そうして俺は、世界から逃げ出した。

「ガキの頃の俺はずいぶん生意気なことを言ってたんだな。でも、今なら芹香のほうがずっと立派だよ。逃げずに戦って、立派になった。俺とはちがう」

自嘲するようにつぶやく俺。

だが、

「……それは、ちがうんじゃないかな」

芹香はぽつりと……しかしはっきりと否定した。

芹香の瞳が、俺を捉える。

「逃げるためにはね、悠人。まずは、戦ってみなきゃいけないんだよ。戦ってるから、逃げるんだよ。悠人がそれだけ逃げたんだとしたら、その前に悠人は、同じ数だけ戦ってる。戦った上で、これ以上は無理だ、この先は不利になるばかりだ、そう思ったんだったら、逃げるのは正しい判断のはずだよね」

「せり、か……」

「さっき、ダンジョンから出てきた悠人の顔。疲れてたけど、生き生きしてた。昔に戻ったみたいな目をしてた。私は……そんな悠人を見ていたい」

俺と芹香は、投光器に照らされた雑木林の中で見つめ合う。

数秒して、芹香の顔が赤くなった。

「と、とにかく。無事だったからよかったけど、心配かけるようなことはしないでよね。おばさんだって心配してたんだから」

「す、すまん」

な、なんか、いたたまれない空気だぞ？

「そ、そうだ、防毒のイヤリングのお礼をしなくちゃな」

俺は無理やり話題を捻（ひね）り出し、気まずい空気を破ろうとする。

「べつにいいよ？　使ってないやつだったし」

「そんなわけにも。そりゃ、俺にできることなんてないかもしれないけど」

「うーん、そうだね。じゃ、貸しひとつってことでどうかな？　何か思いついたら返してもらうってことで」

「う。芹香のそれは怖いんだよな……」

俺は迂闊な約束をしてしまったことを後悔した。

02　黒鳥の森水上公園ダンジョン

雑木林ダンジョンを踏破した翌日。

俺は丸一日休みを取ることにした。

昨日は帰りが遅くなってしまったからな。芹香とだべりながら家に帰って、心配をかけた母に謝り、風呂に入って飯を食って、倒れ込むようにベッドに伏せた。

目が覚めたのは昼近く。今からでは探索には遅いだろう。

「……まあ、ちょうどいい機会かな」

昨日のダンジョン踏破で驚くほどにスキルが増えた。

さらに、特殊条件報酬でもらった「秘伝書・序の巻」のこともある。

使えばＳＰが４０００も獲得できるというアイテムだ。

貴重品だけに、換金するという手も考えた。

だが、オークションサイトを調べてみても、秘伝書なんていうアイテムが売り買いされた形跡はない。値段をつけるなら何百万、下手をすれば何千万にもなりそうだけど、その分販路を見つけるのが難しそうだ。どうやって手に入れたのかと探りを入れられても困るしな。

腐らせておいてももったいないので、結局秘伝書は自分で使うことにした。ＳＰが４０００もあれば、「逃げる」のスキルレベルを上げられるかもしれないからな。

秘伝書を使ったことで、所持ＳＰは４０５１に。

しかし残念ながら、「逃げる」のスキルレベルアップの項目は出なかった。
スキルレベルアップに必要なＳＰは、必要量を貯めてみるまでわからない。もし必要なＳＰが１００００なら、１００００貯まった時点で初めて、レベルアップが選択できるようになる。選択できないということは、まだ必要ＳＰに達してないということだ。
が、「逃げる」のレベルアップこそできなかったものの、ＳＰが４０００も貯まるとこれまで視野に入ってこなかった強力なスキルが取得可能になってくる。

Skill ――――――――――――――――――――――――――――――
アイテムボックス1
亜空間にものを収納することができる。
亜空間のサイズは一辺が（S.Lv×1.5）メートルの立方体。
――――――――――――――――――――――――――――――――――――

Skill ――――――――――――――――――――――――――――――
先陣の心得1
戦闘開始後（S.Lv×10）秒間攻撃力・魔力が1・5倍になる。効果時間経過後、（S.Lv×10）秒間攻撃力・魔力が2／3になる。
――――――――――――――――――――――――――――――――――――

Skill ――――――――――――――――――――――――――――――
高速詠唱1

詠唱時間が（S.Lv×10）％短くなる。


「アイテムボックス」と「先陣の心得」の取得SPは各400。「高速詠唱」は1600。コストは高いが、その価値が十分にあるスキルだろう。

俺は悩んだ挙句、この三つのスキルを取得した。

残るSPは1651だ。

残りのSPは、これまでに取得したスキルのレベルアップに使いたい。

取得SPが100のスキルは、SP400を使うことでスキルレベルを2にできる。その後はSP1600でスキルレベル3、SP6400でスキルレベル4になるという。

その先のことは、Wikiには何も載ってない。

取得SPが400だったり、1600だったりするスキルの場合、スキルレベルアップに必要なSPも高くなる。今回覚えた「高速詠唱」なんかは、スキルレベル2に上げるだけでも6400ものSPが必要だ。今の段階ではコスパが悪すぎて、当面1のままになりそうだ。

高コストスキルのレベルを無理に上げるより、今はそのSPで低コストスキルの強化を図るべきだろう。今回はSPを400ずつ使って、三つのスキルをレベル2に上げることにした。

具体的には、「HP強化」「防御力強化」「魔力強化」の三つだな。

前にも話した通り、スキルの取得時には、取得に要したSPと同じ分だけ能力値にボーナスが付与される。取得SP100の「火魔法」なら、MPと魔力に50ずつ、計100のボーナスだ。

ただし、能力値強化系スキルだけは、消費したＳＰの１・２倍のボーナスがつく。ＳＰ１００で「魔力強化」を取ると魔力が１２０上がるといった具合にな。

もっとも、ボーナスがお得な分、能力値強化系スキルには他のスキルのような「スキルとしての効果」がない。「火魔法」を取得すれば火の魔法が使えるようになるが、「魔力強化」だけでは魔法が使えるようにはならないということだ。

一般的には、能力値強化系スキルは不人気だ。

何もできないスキルを取るくらいなら、もっと直接役に立つようなスキルを取ったほうがいい。もしＳＰが余ってたとしても、能力値強化系スキルには手を出さず、将来のスキルレベルアップに備えて貯めておくべきだとされている。

普通なら、それが正しいと俺も思う。

《スキル「HP強化」のレベルが2になりました。》
《スキル「防御力強化」のレベルが2になりました。》
《スキル「魔力強化」のレベルが2になりました。》

これで、ＨＰ、防御力、魔力にそれぞれ400×1.2＝480ものボーナスが加算された。

レベルアップのない俺にとっては生命線だ。もっとも、「逃げる」の補正のせいで、ＨＰはその八割、防御力に至ってはその四割しか能力値が増えないけどな。

「ステータスオープン」

Status

蔵式悠人
レベル　1
HP　1607／1607
MP　834／834
攻撃力　434
防御力　357
魔　力　2765
精神力　2380
敏　捷　4749
幸　運　2865

・固有スキル
逃げる　S.Lv1

・取得スキル
【魔法】火魔法２　風魔法１　水魔法１
氷魔法１　雷魔法１
【特殊能力】忍術１　毒噴射１
【戦闘補助】MP回復速度アップ１　強撃魔法１
高速詠唱１　古式詠唱１　魔法クリティカル１
回避アップ１　ノックアウト　自己再生１　分裂１
サバイブ　先制攻撃１　先手必勝１　先陣の心得１
追い払う
【能力値強化】HP強化２　防御力強化２　魔力強化２
MP強化１　精神力強化１　敏捷強化１　幸運強化１
身体能力強化１
【耐性】麻痺耐性１　石化耐性１　睡眠耐性１
即死耐性１
【探索補助】簡易鑑定　アイテムボックス１　索敵１
隠密１

・装備
防毒のイヤリング
旅人のマント

SP　451

基礎能力値がオール10の「平均的な探索者」を基準にすれば、最も数値の低い防御力でもレベル35相当ってことになる。いちばん高い敏捷(びんしょう)に至っては……うん、ヤバいな。

とはいえ、探索者としての経験はまだ数日。

いきなり高ランクダンジョンに挑むのはやめたほうがいい。

そもそも、現状で無理に高ランクダンジョンに挑む必要がない。特殊条件さえ満たせれば、それ以上に美味(おい)しいボーナスが手に入るからな。

特殊条件の詳細は不明だが、昨日達成した条件から考えるに、「○ランク以上のダンジョンをレベル○以下でクリアする」とか、「種族：△△を400体連続で撃破する」とかいった条件はほぼ確実にあるはずだ。

実のところ、次に行くダンジョンはもう決まってる。

そのために必要なスキルも既に揃った。

金欠で装備に回す金がないのは痛いが、能力値がこれだけブーストされてれば、店で売ってる装備の補正なんて誤差みたいなもんだ。誤差じゃないちゃんとした装備を買おうと思ったら、それこそ家が建つくらいの額になってしまう。ダンジョン内でいい装備が拾えることを祈ろうか。

「そうだ、グミを売ってくるか」

「逃げる」のおかげで金欠だが、ポーショングミなどドロップアイテムの在庫はたっぷりある。

こういう消耗品なら、オークションサイトで売るよりアイテムショップで売ったほうが手っ取り早い。最下級のアイテムだから、売って目立つということもないはずだ。

俺は遅めの昼飯がてら、ショッピングモールにやってきた。

モール内にある探索者ショップに入ってみると、狭い店内には先客がいた。

先客は、カウンターの向こうにいる女性の店員さんに、なにやら食ってかかっているようだ。

「お客様。申し訳ありませんが、当店では入手しかねます」

言葉遣いこそ丁寧だが、浮かべた営業スマイルの奥に迷惑そうな色がほの見える。

「そこをどうにかできませんか⁉」

と、食い下がってるのは、制服姿の小柄な少女。

高校のじゃなくて、中学の制服だな。っていうか、俺の通ってた中学の制服だ。このショッピングモールは徒歩圏内だからおかしくはない。いや、平日の昼間に中学生がショッピングモールにいるのはおかしいか。

もうひとつおかしいのは、少女の首から上の格好だ。

ぶかっとしたキャスケット帽を目深にかぶり、薄めのサングラスをかけている。お忍びの芸能人みたいな格好だよな。

挙動もやや不審だし、どうも見た目を隠してるみたいだな。

それが自意識過剰じゃないのは、見ればわかる。

帽子からはみ出した金色の髪が、少女が頭を動かすたびにさらりと揺れる。お世辞にも国際色豊かとはいえない郊外の街では、金髪ってだけでもかなり目立つ。しかも、驚くほどに透き通った金髪だ。同性のはずの店員さんすら、少女の髪が揺れるたびに目で追いかけてしまってる。もし帽子で髪を隠してなかったらどうなってたことか。

肌も透けるほどに白くて、顔かたちは驚くほどに端整だ。地元中学の野暮ったい紺のセーラー服すら、少女が着るとアイドルの撮影用衣装のように見えてくる。

俺もいい大人だから地元の中学生を見てかわいいだのと騒いだりはしないが、それでも目をみはってしまうほどの美少女なのだ。

「失礼ですが、探す先を間違っておられるかと。エリクサーのような貴重なアイテムは、探索者シヨップには卸されてこないのです」

店員さんが、少女から視線を剥がしてそう答える。

「そんな……っ！　じゃあ、どうすれば……」

「有名ギルドに依頼を出されるか、既にお持ちの探索者に譲ってもらうしかないでしょう」

「依頼を出したら、取ってきてもらえるんですか？」

「依頼料次第ですが、入手に成功したとしても、数ヵ月はかかるかと」

「す、数ヵ月……っ！」

「譲ってもらうにしても、エリクサーをお持ちの探索者は高レベルのはずです。いざというときのための切り札でもありますので、それなりの額を要求されることになるかと思います」

「い、いくらくらいでしょうか……？」

「そうですね。以前オークションサイトにエリクサーが出品されたときの落札額が、たしか五千万円を超えていたと思います」

「ご、五千万……ですか⁉」

「それだけ入手困難なアイテムだということです」

店員さんの言葉に、少女ががっくりと肩を落とす。

「ううっ……わかりました。無理を言ってすみませんでした……」

「い、いえ……その、お役に立てなくてごめんなさいね」

頭を下げて謝られ、かえってバツが悪そうにする店員さん。

少女は見るからにしょんぼりした様子で、俺の脇を抜けて店から出て行った。

通りすぎ際にふんわりと花のような香りが漂ってきた。俺は反射的に振り返りそうになった身体をなんとか止める。いくら綺麗だからって女子中学生を露骨に振り返ったらマズいだろ。

そこで、俺に気づいた店員さんが、

「すみません、お待たせいたしました。本日はどのようなご用件でしょうか？」

「ああ、買い取りをお願いしたいんですが……」

少女のことが気になりつつも、俺はドロップアイテムの売却を済ませたのだった。

†

翌日。

俺は新しいダンジョンの前にいた。

Cランクダンジョン――黒鳥の森水上公園ダンジョンだ。

家から自転車で三十分ほどの距離にあるこの公園には、ガキの頃、親に連れられてよく遊びにきたものだ。

公園の中央に大きな池があって、その真ん中に小さなお堂の建った島がある。

ダンジョンの入口ポータルは、そのお堂の前に浮かんでいた。

島に橋はかかってない。もともと上陸するための島じゃないからな。

「Ｗｉｋｉによれば……お、あれだな」

俺はボート乗り場に近づいた。ダンジョンができたせいか、ボート乗り場は閉鎖されている。だが、桟橋には数艘（そう）のペンキの剝げかけたボートがつながれていた。乗り場の壁には「ご自由にお使いください」と張り紙がある。

俺はありがたくボートを借り、オールを漕（こ）いで池を渡る。

「昔は近所の高校生の定番デートスポットだったんだけどな」

ダンジョンができた今、池の周りで見かけるのは探索者らしき集団の姿だけだ。髪をハデな色に染めたチャラ男っぽい集団で……ちょっとお近づきにはなりたくないな。近くの大学の探索者サークルだろうか。

……もちろん、俺にガールフレンドとボートに乗って水上デートを楽しんだ思い出などあるはずもない。

感慨のようなものはとくになく、さっさとダンジョンの入口ポータルに飛び込んだ。

ダンジョンの内部は、雑木林ダンジョンと大差がない。

ちがいといえば、ダンジョンの壁があっちよりわずかに黒ずんでるくらいか。ダンジョンは、出現モンスターのレベルが上がるほどに壁の色が濃くなると言われてる。雑木林ダンジョンの壁は、塗りたてのコンクリートくらいの薄いグレー。この水上公園ダンジョンの壁は、そのコンクリートが雨で湿ったくらいの色合いだ。

ここで少し脱線して、ダンジョンのランクについて説明しよう。

ダンジョンのランクは、これまでにS、A、B、Cの四つが確認されている。

この四つは、「天の声」のもたらす情報で確認が取れているらしい。実際、俺が達成した特殊条件の中にも、「Cランク以上のダンジョンをレベル5以下で踏破する」というものがあったよな。

一方、探索者協会が公表してるダンジョンのランクには、SからCまでに加えてDがある。

これは、Cランクダンジョンの中でもとくに難易度が低いダンジョンを、駆け出しの探索者の目安となるように特別にDランクと「認定」したものだ。Dランク認定は人為的なものだから、「天の声」の基準ではCランクダンジョンの一種となる。

最近では、Dランクの中でもさらに危険度の低いダンジョンを選んでEランクに認定する試みも始まってるらしい。俺の踏破した雑木林ダンジョンなんかは、その基準だとEランクになりそうだ。

というわけで、雑木林ダンジョンもこの水上公園ダンジョンも、「天の声」基準では同じくCランク。だが、協会の基準ではCとEで二つ違いってことになる。

一応、他のDランクダンジョンも探してはみたのだが、ちょっと遠くにあって不便だったり、出現するモンスターがいまいちだったりで、これはというダンジョンが見つからなかった。

それくらいなら、家から近くて「美味しい」モンスターも出るこの水上公園ダンジョンのほうがいいだろう。EからCへ一段飛ばしになるのはちょっと不安があるけどな。

で、その「美味しい」モンスターだが……。

「お、いたいた。あれだ」

トレジャーホビット　Ｌｖ21

両隣に「ロックゴーレムＬｖ23」が並んでるのがうっとうしいが、今ならなんとでもなるだろう。タフで硬いモンスターだが、動きが遅い分、「逃げる」で残すモンスターとしては悪くない。

トレジャーホビットは、高い敏捷のせいで攻撃が当たりにくいのが難点だな。

それだけでも探索者に嫌われるには十分だが、こいつの場合、嫌われる最大の理由は他にある。

トレジャーホビットは、探索者の所持品を盗むスキルを持ってるのだ。

しかも、「盗む」に成功すると、逃走用のスキルで逃げてしまう。

……まるで誰かさんを彷彿とさせるようなモンスターだよな。

探索者から蛇蝎の如く嫌われてるのも納得だ。

だが、一点だけ、このモンスターには他のモンスターにはない長所がある。

撃破時の獲得ＳＰが多いのだ。

トレジャーホビットの撃破時獲得ＳＰは、なんと11。ポイズンスライムの4と比べるとほぼ3倍、隣にいるロックゴーレムの8と比べてもまだ高い。いやらしいスキル構成をしてる分、ＳＰが高めに設定されてるってことなんだろう。

しかも、レベル1の俺とは20ものレベル差があるからな。格上補正で獲得ＳＰはさらに2倍になるはずだ。

……いや、ひょっとするとそれ以上かもな。

まだ仮説でしかないんだが、獲得ＳＰはさらに上ブレする可能性がある。

格上補正が2倍ではなく「３倍」になるという可能性だ。

Ｗｉｋｉに掲載されてた調査では、モンスターのレベルが１～９高いと獲得ＳＰが１・５倍、10以上高いと2倍になるとされていた。

だが、その調査では、モンスターのレベルが20以上高い場合のデータは取ってない。

これは、考えてみれば当然だ。レベルが20以上高いモンスターを倒すのは難しい。高レベルのパーティに寄生したところで限界がある。むしろ、レベルが10高い場合を調べ上げただけでもがんばったというべきだ。

すくなくともネットで調べた限りでは、レベルが20以上高いモンスターを倒したときに獲得ＳＰがどうなるかはわからなかった。大手ギルドならネットにはない情報も持ってるというが、こんなレアなケースまで検証してるとは思えない。

つまり、この先は前人未到の領域……かもしれない。

もし俺の予想通りならかなりおもしろいことになるはずだ。

さっそく稼ぎにかかりたいところだが、

「ダンジョンの入口でそんなことしてたら目立つからな」

雑木林ダンジョンとはちがい、この水上公園ダンジョンにはそれなりに人の出入りがある。トレジャーホビットのせいでどちらかといえば不人気なダンジョンだが、近隣には他にＣランクダンジヨンがないんだよな。

俺は「索敵」を使って、他から離れた場所にいるトレジャーホビットを探す。

たいていの敵は「隠密」でやりすごせるし、どうしても邪魔になる敵は前に「逃げる」で素通りだ。「索敵」を使うと脳内にレーダー画面のようなものが浮かんで、敵の反応が赤い光点で確認できる。目で見てるわけじゃないが、直観的に「視える」感じだな。

「おっ、あの編成はよさそうだな」

人の通らなそうな一画に、おあつらえむきの相手を発見した。

トレジャーホビット一体とロックゴーレム二体。

贅沢をいえば、ロックゴーレムは一体だけのほうが望ましい。事前に思い描いていた理想形は、トレジャーホビット一体とロックゴーレム一体の二体編成だ。

でも、これまで見てきた限りだと、トレジャーホビットを含むモンスターの編成は必ず三体一セットになっていた。トレジャーホビット1にロックゴーレム2か、トレジャーホビット2にロックゴーレム1かの編成だ。ロックゴーレム2だけの編成はあるが、トレジャーホビットには必ずお供にゴーレムがついている。

なんともいやらしい編成だよな。タフなゴーレムに手こずってるあいだにトレジャーホビットがアイテムを盗む――このダンジョンが不人気な理由がわかろうというものだ。

だが、俺にとって、足の遅いゴーレムはむしろ格好の相手となる。

……じゃ、さっそくやりますか。

「増し増し増し増し増し増し――フレイムランス！」

俺の稼ぎが始まった。

†

半日でＳＰ１００００を稼いだ俺は、念願の「鑑定」スキルを手に入れた。

レベル差20のトレジャーホビットから得られたＳＰは、期待通りの３倍だった。

「一セットでＳＰが33も稼げるとは……」

最初は「古式詠唱」「強撃魔法」「先制攻撃」「先手必勝」「先陣の心得」「魔法クリティカル」のロマン砲全部乗せセットで攻撃したが、冷静になってみるとそこまでやる必要はなかった。「先制攻撃」「先手必勝」に「魔法クリティカル」が乗れば、トレホビは安定して一撃で確殺だ。幸運の値が高いからか、「魔法クリティカル」は体感95％は出てる感じだな。

「鑑定」が取得可能になるＳＰ１００００を仮目標にしてたが、そのあいだに「逃げる」のスキルレベルアップが可能になるならそっちにしようとも思ってた。結局、ＳＰが１００００貯まるまでのあいだに「逃げる」のスキルレベルが上げられるようにはならなかったけどな。

１００００でダメなら１２０００、１６０００、いや、２００００という線もあるだろうか。

「いつレベルアップ可能になるかわからないと貯めにくいんだよな」

いくら稼ぎがはかどってるとはいえ、どこまで稼げばいいのかわからないのはさすがにつらい。

当面は少ないSPで取得できるスキルを優先し、攻撃手段と能力値を増やしていくのがいいだろう。万単位の稼ぎは、さらに効率のいい狩り場を見つけてからでも遅くない。

その余勢をかって、俺は水上公園ダンジョンを奥に進む。

もちろん、ダンジョンの踏破を目指すのだ。

雑木林ダンジョンは一階層しかなかったが、この水上公園ダンジョンは全四層。ただし、一階層の広さはさほどでもない。Cランクダンジョンとしては平均的なサイズらしい。

途中、トレホビを見かけるたびに狩って、SPを着実に稼いでいく。

《特殊条件の達成を確認。スキル「奇襲」を獲得しました。》

「おっ？」

Congratulations!!!
特殊条件達成：「スキル『先制攻撃』を４００回連続で成功させる」
報酬：スキル「奇襲」

Skill――――――――――――――――――――――――――
奇襲1
こちらに気づいていない敵に攻撃をしかけた場合、敵の全能力値が（S.Lv×5）秒間、（S.Lv×10）%低下する。
――――――――――――――――――――――――――――――――

「悪くないスキルだな」

現状、「隠密」と「索敵」の忍者セットのおかげで、ほとんどのケースで敵に「先制攻撃」をかけられている。スキル「先制攻撃」の効果は「こちらに気づいていない敵に対する与ダメージが（S.Lv×20）%増加する」というものだから、「奇襲」とはシナジーがあるわけだ。

一層の最後に、二層へと降りるポータルを見つけた。ダンジョンの入口にあるのと同じ黒い水鏡（みずかがみ）のようなものだ。

いつもどおりそれを潜ると、あたりの空気が少し変わった。ダンジョンの造り自体は同じだが、壁の色が心なしか黒ずんでる。出現するモンスターのレベルが上がったんだろう。

「索敵」で近くのモンスターを探し出し、手に入れたばかりの「鑑定」を使ってみる。

Status
トレジャーホビット
レベル　24
HP　168／168
MP　338／338
攻撃力　120
防御力　120
魔　力　194
精神力　216
敏　捷　2980
幸　運　720

・生得スキル
盗む２　遁走２　土魔法１

撃破時獲得経験値168
撃破時獲得SP11
撃破時獲得マナコイン（円換算）7920
ドロップアイテム　金塊　魔法の大入り袋
盗賊の小手

「やっぱりレベルが上がってるな」

さすがＳＰ１００００だけのことはあって「簡易鑑定」とは桁違いの情報量だ。

ただ、「鑑定」は、取得に要したＳＰ分の能力値ボーナスが発生しない。「簡易鑑定」や「アイテムボックス」なんかも同じ仕様だな。ＳＰ１００００を使って普通のスキルを取りまくってたら１００００もの能力値ボーナスがついていたはずで、それが「鑑定」の取得者が少ないもうひとつの理由でもある。

それはさておき、トレホビのステータスにはいくつか見ておくべきところがあるだろう。

まず、敏捷の高さ。これは、素の能力値に加えて、スキルによる補正が大きいのだろう。「盗む」に「遁走（とんそう）」、ネーミングからしていかにも敏捷にボーナスがつきそうなスキルだよな。

次に、その「盗む」と「遁走」だ。

Skill――――
盗む2
対象の所持品を盗むことができる。アイテムボックスに入っている装備・アイテムも対象となる。
対象がモンスターである場合は盗めるアイテムはドロップアイテムからランダムに決まる。成功率は（S.Lv×10）％に彼我の敏捷による補正がかかる。ただし、成功率は80％を超えない。また、彼我の幸運に差があるほど、レアリティの高いアイテムを盗める確率が上がる。
――――

Skill――――
遁走2
戦闘からただちに逃げ出すことができる。自分の（S.Lv×敏捷）が相手の敏捷を上回っていれば、相手から行方をくらませることができる。ダンジョンボスには無効。
――――

《秘匿情報の公開条件を満たしていることを確認。》

Secret――――
「遁走」秘匿情報の公開条件：「『遁走』以外の逃走用スキルを所持している。」
報酬：「遁走」追加詳細情報の公開。以下の情報が公開されます。
――――

info――――

「遁走」で逃走した場合、その戦闘で得られたはずの経験値、ＳＰ、マナコイン、ドロップアイテムは得られない。「盗む」で手に入れたアイテムは持ち逃げ可能。


「盗む」は、ＲＰＧでイメージする通りの性能のようだ。敏捷と幸運が上がりやすい俺が手に入れられたら、レアアイテムを盗み放題になりそうだな。

「遁走」に関しては、当然、「逃げる」とどう違うのか？　という疑問が浮かぶよな。

俺が「逃げる」を持ってたことで詳細情報が得られ、「遁走」ではＳＰその他が得られないことが判明した。でも、「遁走」には逃げエリアや逃げタイマーの指定がない。使ったらその場で逃げられるってことか？

　トレホビのドロップアイテムの欄もおもしろい。

　これまでのトレホビ狩りで、俺は金塊をかなりの量と、魔法の大入り袋をいくつか手に入れている。

「金塊」はその名の通りの換金アイテム。金欠の俺にはありがたい。

「魔法の大入り袋」は、いわゆるマジックバッグというやつだ。見た目よりはるかに容量があって、アイテムボックスを持ってない探索者には重宝される。これも、売れば結構な儲(もう)けになりそうだ。

「盗賊の小手」というアイテムは今のところドロップしていない。ドロップアイテムの欄に列挙された順番から考えると、いちばん確率が低いのだろう。

いろいろと発見はあったが、ダンジョン内で考え込むのは危険だな。

稼ぎに時間をかけたこともあって、時間もかなり押している。

さっさと進んで、ダンジョンボスを倒し、奥のポータルで帰還したい。

ちなみに、Cランクダンジョンのほとんどには罠がないことが知られている。この黒鳥の森水上公園ダンジョンにも罠はないと、Ｗｉｋｉにははっきりと書かれていた。もちろん完全に鵜呑みにはできないが、実際、今のところ罠のたぐいには出くわしてない。

俺は「索敵」で敵の動きを探りながら、その動きの流れや配置から次の階層へのポータルの位置を予測する。自分以外にも探索者の出入りのあるダンジョンでは、奥への最短経路に近いほどモンスターが減ってる傾向にあるらしい。

途中で出くわしたトレホビを狩り、ロックゴーレムをスルーしながら、俺は二層・三層を楽々踏破。三層奥の、黒いポータルの前で息をつく。

「一層当たり一時間ってとこか？」

Ｗｉｋｉに載ってた目安時間の三分の一もかかってない。

「速いだろうとは思ってたけど、こんなに違うもんなんだな」

でも、考えてみれば当然か。「索敵」でモンスターの位置がわかるのに加え、一戦闘にかかる時間は一分以下だ。ダンジョンの早解きって意味でも「逃げる」は便利なのかもしれないな。

「さあ、次が最後の階層だ。気を引き締めていかないとな」

俺はごくりと唾を飲むと、四層へのポータルに飛び込んだ。

ポータルを抜けると……俺は予想外の空間に現れていた。

†

「なんだここ……？」

戸惑う俺の前には、時の経過を感じさせる剝げかけた朱塗の鳥居が立っていた。石段に沿って無数の鳥居がトンネルのように続いてる。京都にそんなような神社があると聞いたことはあるが……。

鳥居の脇には古ぼけた石碑があり、そこには「断時世於神社」と彫られている。

……なんて読むんだ、これ？

「そういえば、Ｗｉｋｉの未確認情報にあったな。ダンジョンの階層移動の際に、神社のようなところに飛ばされた、と」

Ｗｉｋｉではデマ扱いされていたが、まさか本当にあったとは。

「ダンジョンの中にある以外は普通の神社で、出口のポータルは奥にある……だっけか」

こうしててもしかたないので、俺は石段を上っていく。

鳥居の回廊を進むこと、どれくらいだろうか。何百段も登らされた気がするが、探索者のステータスを持つ俺がこの程度でバテることはない。

石段を上り切ると、そこには古びた神社があった。千本鳥居もどきの仰々しい石段とは裏腹に、社殿はむしろこぢんまりしてる。華美さのないその古風なたたずまいには、かえって人の心を打つものがある。

「よくわからんが……お参りくらいしておくか」

俺は社殿に近づくと、「Dungeons Go Pro」から「マナコインの現金化」を選択する。

モンスターを倒すと落ちるマナコインは、現代では現金に等しい価値を持つ。マナコインに蓄えられたマナを解放することで、原子力発電よりも手軽かつ安全に、エネルギーを得られることがわかったからだ。

ＤＧＰは、どういう仕組みでか、エネルギーの相場を把握しており、ダンジョン内で回収したマナコインは現地通貨（日本では円）に換算されてアプリ内のウォレットに計上される。

そのウォレットから、マナコインを円にして取り出すことも可能だ。

……考えれば考えるほど奇妙なことだらけだが、その仕組みはいまだにブラックボックスのままだという。

「賽銭(さいせん)といえば、五円か？　いや、せっかくだ。派手に行こうじゃないか」

俺はウォレットにあったマナコインを、すべて現金化した。

そして、その有り金すべてを賽銭箱に投げ込んだ。

鈴を鳴らして、二礼二拍手一礼。

……って、何を祈ればいいんだ？

まあ、いいか。

「こんな世の中にしてくれてありがとう」

不謹慎かもしれないが、知ったことか。

実際、俺は感謝してる。ダンジョンなんてものができなかったら、俺はまだひきこもりのままだったろう。そしてそのまま、取り返しがつかないほどの時間を無駄にしてしまうところだった。周囲の人たちの俺への想いにも気付かぬままに――。

しんとした神社で祈りを捧げてみると、なんとなく心がすっきりした。

でも、ご利益はそれだけだ。参拝したからといって、とくに何かが起こるわけではなかったらしい。

「ま、ご利益を期待してたわけじゃないけどな」

有り金を全部突っ込んだのだって、なにも信心からじゃない。「逃げる」を使ってる限り、毎回所持金を落とすんだ。どうせ落とす金なら賽銭箱につっこんでも惜しくはない。

社殿の裏に回ってみると、そこには次の階層へのポータルがあった。

†

神社への寄り道を済ませた俺は第四層を進んでいく。

出現モンスターは、「トレジャーホビットＬｖ29」「ロックゴーレムＬｖ30」「インプＬｖ27」の三種になった。

だが、いずれも今の俺にとって問題になるような相手じゃない。

トレホビは狩る、他は「逃げる」。

それだけだ。

途中で、インプ対策に「混乱耐性」と「沈黙耐性」を取得した。

ほとんどの探索者は、状態異常には専用のアクセサリを装備することで対応する。そのほうがダンジョンに合わせて付け替えられて便利だからな。そのダンジョンの攻略が終わったら、アクセサリを売却して資金を回収することもできる。その資金で、次のダンジョンで必要となる状態異常耐性アクセサリを買ってもいい。ギルドに所属してるなら、いちいち金銭で売り買いせずに、仲間内でアクセサリを融通しあってもいいわけだ。特定の状態異常を防ぐためだけにスキルを取るのは、SPがもったいないってことになる。

でも、俺のばあいはスキルを取ったほうが手っ取り早い。一般的な状態異常耐性スキルはSP100で取得できる。普通の探索者にとってはその100すら惜しいんだろうけど、今の俺にとってはトレホビ三体でほぼほぼ回収できる程度の額でしかない。

……まあ、アクセサリを融通し合おうにも仲間がいない、という悲しい現実もあるんだけどな。

え？　芹香はどうなのかって？

たかだか100のSPを節約するためにいちいち頼るのも悪いだろ。連絡取り合う時間でトレジャーホビットを三体狩ったほうが早いしな。

スキルレベルは、ひとまず1でいいだろう。俺は精神力（能力値の、であって現実のメンタルではない）も十分高い。耐性スキルがなくてもインプくらいの状態異常ならまずかからないはずだし、万一かかってもすぐに切れる。でも、そんな賭けを毎回やるのも嫌だからな。とくに「混乱」のほうは、「逃げる」の途中でやられたら逃げタイマーがリセットされそうだ。

四層を問題なく進んでいると、「索敵」にこれまでにない気配がひっかかった。

「赤い光点と、青い光点……?」

赤が六つ、青がひとつ。

赤は、青を取り囲み、逃げ場を潰してるように見える。

しかも、

「……全部、人間の気配だな」

光点は赤いが、モンスターの気配ではない。

青のほうの気配は、どこかで覚えがあるような……?

ひきこもりだった俺に覚えのある気配なんて、候補はかなり限られる。

「嫌な予感がするな……」

現代の日本において、ダンジョンの内部は無法地帯だ。

それは、比喩(ひゆ)的な意味だけで言ってるんじゃない。文字通りの意味でもそうなんだ。

かつて、政府が探索者の収入に税をかけようとしたことがあった。ダンジョンへの出入りを届出制にし、DGPの開示を義務付けて、探索者の収入を把握する。ダンジョン災害対策の目的税とすることで世論を味方につけながら、政府は探索者たちを当局の監視下に置こうともくろんだ。

だが、これに反発した探索者たちが、国会議事堂に押しかけた。探索者たちは、機動隊の制止を押し切り、自衛隊の装甲車をスクラップに。その勢いのまま議場を占拠、探索者への課税を廃案へと追い込んだ。

むちゃくちゃなようだが、探索者側にも言い分はある。

警察権をはじめとする国の実効支配は、ダンジョンの内部には及んでいない。

法的にはもちろん、ダンジョンの中だろうとこの国の中であることに変わりはなく、警察は犯罪者を捕らえることができる。

だが、ダンジョン内での犯罪は露見しがたく、露見しても立証が難しい。また、犯罪を犯した探索者がダンジョンに逃げ込んだときに、警察にはそれを捕縛する手段がない。

だから、犯罪の被害にあった探索者が警察に保護や捜査を求めても、警察には実効ある手立てが打てなかった。

結局、ダンジョン内での出来事については、探索者自身が実力で解決するしかないのである。

これを探索者側から見れば、「国は探索者のことを守ってくれないのに税金だけは払えというのか！」ということにもなってくる。

そんな経緯から、ダンジョン内の治安維持は探索者協会が主体となり、警察との連携をはかるという形に落ち着いている。

しかし、人員不足に悩む探索者協会がダンジョン内犯罪に適切に対処できてるとはいいがたい。

ダンジョン内犯罪の多くは暗数となっており、その数は露見した事件数の数十倍とも数百倍ともいわれている。

「日本の法律が及ばない、まさに無法地帯ってわけだな」

この「索敵」の反応がそうした事件のひとつだったとしても、俺がそこに首を突っ込む理由はない。

探索者は自衛が原則だ。自衛に失敗した者を助けるために自分の自衛をおろそかにするのは愚か者のすることだ。

しかし、どうも胸騒ぎがする。

俺は「隠密」を使いながら、七つの光点のほうに向かっていく。

「索敵」で位置がわかるとはいえ、光点とのあいだにはダンジョンの入り組んだ壁があり、一直線には向かえない。それでも、三層までの攻略経験で、このダンジョンの通路形成の傾向がなんとなくだがわかってきた。

数分ほどで、俺は光点から少し離れた曲がり角までたどり着く。

「隠密」を維持したまま、角から奥を覗き込む。

「――そんな！　じゃあ、エリクサーが手に入るというのは嘘だったんですか⁉」

聞こえてきた声に、俺は思わずため息をついた。

……そうじゃないかと思ったんだ。

そこにいたのは、俺の出身中学の制服を着た、キャスケット帽をかぶった女子生徒。

昨日、ショッピングモールの探索者ショップで見かけた女の子だ。

それを取り囲んでいるのは、

「嘘じゃねえぜ？　ここのダンジョンボスがごく稀にエリクサーを落とすって情報はある」

「そうそう。俺ら『アルティメットフリーダム』の内部情報じゃな」

「でもよ、エリクサーの入手なんて、数千万、下手すりゃ億の仕事だぜ。当然、見返りってもんが必要だろ？」

ダンジョンに入る前に見かけた大学のサークル風の男たちだ。

「は、話がちがいます！」

と、少女が青ざめた顔で抗議する。

「心配すんなって。優しくしてやるからさ」

「そうだぜ、たぁ～っぷりかわいがってやるからよ」

「ま、全部録画して、知り合いのヤクザに買い取ってもらうけどな。キミかわいいから数千万くらい余裕で回収できるっしょ」

髪を思い思いの色に染めたチャラい感じの男たちが、少女に好色な目を向けた。

「そ、そんなこと、できるわけがありません！　お母様に叱られてしまいます！」

「知るか、んなこと。そのお母様を助けるためになんでもするって言ったのは嬢ちゃんだぜ？」

「そうそう。なんでもするって言うから、こんなところまで付き合ってやってんだよ」

「なあ、さっさとやっちまおうぜ。ぎゃーぴー騒ぐところも動画の見所になるからよ」

ギャハハハッ、と笑い合う男たち。

そんな男たちを、少女はしばし思い詰めた顔で睨（にら）む。

……なんだか嫌な予感がするな。

それから数秒。少女が覚悟を決めたように顔を上げる。

「…………そ、それを……我慢、すれば……エリクサーを、手に入れてくれるんですか？」

唇を噛（か）み、少女はそんなことを言い出した。

男たちがあんぐりと口を開ける。

男たちは顔を見合わせ——爆笑した。

「んなわけねーだろ！　まだわかんねーのか？　嬢ちゃんはハメられたんだよ！」

「おいおい、ハメるのはこれからだろ？」

「ぎゃはははっ、ちげえねえ！」

と、少女の覚悟をあざ笑う男たちに、

「ど、どういうことですか!?」

「俺たちみたいな悪い大人が、ほんとのことを言うとでも思ったのか？」

「全部嘘に決まってるだろ！」

「おまえが今から何をしたって、エリクサーどころかポーション一本やらねえよ！」

ぎゃはははっ！　と再び笑う男たち。

聞いてるだけでも胸がむかついてくる。

――たしかに。

これは、他人事だ。

一度見かけただけの少女のために、そこそこ腕が立ちそうな探索者パーティと戦えるか？

常識的に考えて、それはない。

向こうは六人で、こっちが一人だってことを考えればなおさらだ。

少女は酷い目に遭うだろうが、それに俺まで付き合う義理はない。

でも……。

「……こんなもん見せられて逃げろっていうのか？」

そんなことをしたら、今後一生、俺は自分のことを大事なところで逃げ出すやつだと非難し続けるはめになる。

助けられるなら助けたい。

今の俺にはそれだけの力もあるはずだ。

とはいえ、男たちの強さは現状不明。「鑑定」すれば見えるが、「鑑定」や「簡易鑑定」は使ったことが相手にバレる。このダンジョンを足手まといの少女を連れてここまでやってきたんだ。それなりに実力があるのはまちがいない。

だがそれ以上に、こいつらは人相手の戦いに慣れていそうだ。暴力を振るうことにためらいがない――ステータスの大小なんかより、そっちのほうがよっぽど怖いよな。

「う、訴えますっ！　絶対、泣き寝入りなんてしませんから！」

「馬っ鹿だな、おまえ。ここはダンジョンの中だ。人が一人消えたくらいで気にする奴はいねえよ」

「そうそう。被害者がいなけりゃバレっこねえ」

「で、ですが、人を殺せばレッドネームになるはずでは……」

そんな指摘をするあたり、少女もダンジョンのことをまるで知らないわけではないらしい。

レッドネーム。

ダンジョン内で他の探索者を殺害した探索者は、ステータス上の名前が赤い文字で表示されるようになる。「簡易鑑定」をかけられただけで人を殺したことがバレるってことだ。

最近では、裁判でもレッドネームを証拠として扱うことが増えたという。なかには、ダンジョン内で死体が発見できなかったにもかかわらず、状況証拠とレッドネームによって死刑が確定した事例もあるらしい。警察による捜査が難しいのでやむをえずレッドネームに頼ってるとも言える。

少女の言うように、凶悪犯罪者であっても、ダンジョン内での殺しは極力避けるという。

だが、このレッドネームにはいくつかの抜け道が存在することも知られてる。

少女は、レッドネームのことは知ってても、抜け道のことまでは知らなかったんだろう。

男の一人がにやりと笑った。

「直接殺せば、な。でもよ、おまえで散々楽しんだあとで、素っ裸のままモンスターの前に放り出してったらどうなると思う?」

「なっ……！」

少女が絶句する。

「レッドネームなんざどうとでもなるんだよ。さ、種明かしはこのくらいにして、お楽しみタイムといこうじゃねえか……！」

「い、いや……っ！」

少女の腕を、チャラ男の一人がねじり上げる。

覚悟なんて、もうとっくに固まった。

こういう、他人を踏み躙ってなんとも思わないクズが、俺は昔から大嫌いなんだ。

「――そこで何をしてるんだ？」

ダンジョンに響いた俺の声に、チャラ男たちがぎくりと振り返った。

†

「ぁんだ、てめえ。文句でもあんのか？」

「お楽しみ」を邪魔されたチャラ男が、振り返って俺に凄んでくる。

「悪いが、通報させてもらった」

ＤＧＰには通報機能がある。ダンジョン内で犯罪行為に及んでる探索者を発見したときに、アプリ経由で「しかるべき」機関に連絡できるという仕組みだ。この場合のしかるべき機関は、探索者協会の監察局だな。

「てめっ、ざけんな！」

俺に食ってかかろうとする一人を、別の一人が抑えた。

「ふん、通報したから、それで？　協会の監察員がここに来るまでに何時間かかると思ってんだ？　そのあいだてめえが無事で済むとでも？」

「俺を殺す気か？」

「殺しはしねえよ。半殺しにして身ぐるみ剝いで、ボス部屋に放り込むくらいで勘弁してやらあ」

「俺たちのお下がりでよければ、そのガキをヤってもいいぜ？　人生の最期くらい、いい思いをしてえもんなぁ？」

「ひゃははっ、そりゃいいや！」

ゲラゲラと下品に笑う男たち。

「……あのな。俺がなんの勝算もなしに話しかけたと思うか？」

俺の言葉に、男たちが眉を顰める。

そんなに強そうには見えないが……って反応だな。

実際、自分が強そうに見えないことくらいわかってる。

だが、探索者の強さは見てくれとは関係がない。

「へっ、どうせはったりだろ。そら、『簡易鑑定』――ぶふおおっ⁉」

チャラ男の一人が俺に「簡易鑑定」をかけ、その結果を見て吹き出した。

相手の承諾なしにステータスを見るのは言うまでもなく重大なマナー違反だが、こいつらに関しては今さらだろう。

「な、なんだよ⁉　こいつ、そんなにやべーのか⁉」

「ち、ちげーよ。逆だ、逆！　こいつ……ぷひゃひゃひゃ！」

と、笑い転げるチャラ男。

「笑ってねえで説明しろよ！　『簡易鑑定』持ってんのおまえだけなんだからよ」

「わ、悪ぃ悪ぃ。えっとだな、この正義漢気取り君のレベルは……なんと、『1』だ！」

と、たっぷり溜めてからチャラ男が言った。

「はっ？　1⁉」

「マジかよ！」

「おいおい、レベル1で俺らにケンカ売ってきたってのか⁉」

「さっきのが精一杯のハッタリだったんだろ！　こりゃ笑えるぜ！」

チャラ男たちが腹を抱えて笑いあう。

「れ、レベル1なんですか⁉　わ、私のことはいいですから、すぐに逃げてください！」

少女までもが、血相を変えて言ってくる。

……なるほど。やっぱ、レベル1だってバレると面倒なんだな。

通報されたことで泡を食って逃げ出すなら、協会なり警察なりに後を任せるだけで済んだんだが。

常識的に考えれば、レベル1でどうやってCランクダンジョンの奥まで来たのか疑問に思いそうなもんだけどな。

ま、戦いが避けられないなら、油断してくれたほうがやりやすい。つい最近までひきこもりだった男に、いまさら馬鹿にされて傷つくようなプライドなんて残ってないし。

「心配してくれてありがたいが、こんな場面を見て逃げるわけにはいかないさ」

と、少女に声をかける俺に、

「ぎゃははははっ！　身の程を知れよ、レベル1！」

「そうだぜ！　どうせ、悪い男に騙された女の子を助けて惚れさせようとか思っちゃったんだろ？　発想が童貞くさいんだよ！」

「ひゃははっ！　あっちのほうもレベル1ってか！」

「ちげーよ、レベル1じゃなくて、ステータスもまだ獲得してねーんだよ！」

ぎゃははははっ、と笑い声。

煽りに煽られた感じだが……正直、何も感じない。

チャラ男とか、見た目からして同じ人間とは思えないし。見た目に反していい奴だ、とかならまだしも、見た目通りにクズだしな。

同じ人間ではあるが、こいつらよりはモンスターのほうが害が少ない分だけマシだろう。

《盗賊団からの強い敵意を確認。あなたには正当防衛の権利が発生しました。あなたが盗賊を殺害しても、レッドネームに認定されることはありません。》

「天の声」からのお墨付きも出たな。しかし「盗賊団」て。まあ、たしかに盗賊だよな……。

「おまえらと会話してても時間の無駄だ。俺を殺したいならさっさとかかってこいよ」

「お望み通り――やってやらあ！」

六人のうち半数の三人が剣を手に襲いかかってくる。

「きゃあああっ！」

と、悲鳴を上げてしゃがみこむ少女。

……いや、おまえには誰も向かってないだろ。

まあ、下手に動かれるよりもそのままじっとしててくれるほうがありがたい。

俺を舐めきってるせいか、男たちが少女を人質に取る様子もない。

俺は迫ってくる三人を引きつけて、

「『毒噴射』」

ポイズンスライムのスキルを使用する。

「ぶはっ⁉」

「げほっ⁉」

「ぐぶっ、な、なんだぁ⁉」

毒の霧に呑まれ、先頭三人が隙をさらす。

あまり使う機会がなさそうと思ってたスキルだが、対人戦では有効そうだ。まさか人間の探索者がポイズンスライムのスキルを使うとは思わないだろう。紫の煙幕や毒の痛みも、人間相手なら混乱を誘える。状態異常の「混乱」じゃなくて普通の意味の混乱な。

……人を殺すことに、抵抗がないと言ったら嘘になる。

だが、ダンジョン内での「自衛」には、必要であれば人を殺すことも含まれる。もしその覚悟ができないならダンジョンに潜るのはやめておけ、とＷｉｋｉにはあった。

もちろん、人の命に関わる問題をＷｉｋｉのテンプレで片付けるつもりはない。

しかし、実際問題として、襲いかかってくる探索者を殺さずに無力化するのは至難の業だ。「麻痺」や「石化」にかからない限り、ＨＰが1でも残ってれば動けるんだからな。

戦いになった以上、へたな躊躇いは死につながる。

俺は毒にむせぶ一人に手をかざし、

「フレイムランス」

「ぐぎゃあっ！」

炎の槍が、一撃で男を炭に変える。

その様子に、

「うっ……！」

と呻く俺。まさか一撃とは。思った以上の結果にこっちのほうが動揺してしまう。

ＨＰがなくなっても、探索者の身体がモンスターのように消えてなくなることはない。

俺が殺した。そのことに足がふらつきそうだ。

だがもちろん、俺が気持ちを立て直す時間はない。

「て、てめえ！　よくもリョウタを！」

「ぶっ殺してやる！」

剣を構え、息巻く二人の片方に、

「か、『鑑定』」

Status
仲西歩夢
毒
レベル　34
HP　571／624
MP　272／272
攻撃力　878
防御力　326
魔　力　272
精神力　248
敏　捷　340
幸　運　472

・取得スキル
剣技２　スタン攻撃１

・装備
鉄の剣
革の鎧
眠らずのはちまき

表示されたステータスに集中することで、こみ上げる吐き気から意識をそらす。二人の攻撃は敏捷回避だ。心が動揺してても能力値はいつもどおりの仕事をしてくれる。

「ちくしょう、当たらねえ！」

「このっ、ちょこまか動きやがって！」

「鑑定」結果を見て、俺は少し冷静になれた。

なるほど。このレベル帯のアタッカーはこんなステータスになるんだな。

スキルが少なめなのは、取得ＳＰの高い「スタン攻撃」にＳＰを注ぎ込んだからだろう。

まあ、攻撃力だけなら、俺を上回ってるな。

だからどうしたって話だが。

「フレイムランス！」

「ぐぎゃ……」

精神力２４８で現在ＨＰ５７１なら、「古式詠唱」を使わなくてもフレイムランスで確殺できる。

むしろ、手加減するほうが難しい。

……いや、手加減なんて考えてるばあいじゃない。こいつらは盗賊、こいつらはモンスター。そう思い込んで戦うべきだ。

「こ、こいつ、強いぞ⁉」

前衛の最後の一人がうろたえる。

「……降伏するか？」

一応そう尋ねてみるが、

「っざけんな！　二人も殺られて引き下がれるか！」

「だろうな」

殺人未遂の現行犯ってだけじゃない。この様子だと絶対に余罪があるはずだ。逮捕されてそれが明るみに出たら死刑になってもおかしくない。探索者としてのステータスを犯罪に使うと刑が厳しくなるらしいからな。

俺は、こいつらへの容赦を捨てることに決めた。どうせ死刑になるやつらなんだ。こいつらに法の裁きを受けさせるために自分の命を危険に晒（さら）すのは馬鹿げてる。ここでためらうようでは、少女の迂闊（うかつ）さを責められない。俺の探索者としての覚悟が問われてるんだ。

最後の前衛に魔法を放とうとしたところで、

「アクアスプラッシュぅっ！」

「サンダースピアぁあっ！」

「ライトニングボルトぉっ！」

突っ込んでこなかった三人から攻撃魔法が飛んでくる。

タイミングを合わせただけじゃない。水一つに、雷二つ。ブレンドされた魔法には相乗効果もありそうだ。倒しきれなくても「感電」が狙える。

俺に、魔法を防御する手段はない。

だが、

「当たるかよっ！」

狙いの甘い魔法なんか、普通に避（よ）ければいいだけだ。避けながら、後衛三人にも「鑑定」を使う。

「れ、連携魔法を避けやがった⁉」

後衛の一人が驚愕（きょうがく）の声を上げる。

俺の敏捷はこいつらとは文字通りに桁がちがう。この現実では一部のゲームみたいに魔法が必中だったりはしないからな。俺に攻撃を当てるには敏捷が足りてない。

「鑑定」によると、後衛のレベルは34から41まで。ＨＰの基本値が低い上にＨＰにボーナスの付くスキルも持ってない。魔法の防御に関わる精神力の値もいまいちだ。もちろん、固有スキルも持ってない。

それならこっちで十分だろう。

「紫電地走りの術」

俺から放たれた紫電が地面を走り、後衛三人の身体に絡みつく。

「ぐあああ!?」

「なんだこれは、あああああ!!」

「ぐぎゃああああっ！」

「忍術」は敏捷にも影響される独自の擬似魔法様(よう)能力――と説明にはあった。この「紫電地走りの術」では、紫電の範囲と速度、対象を捉えてから絡め取る速さに影響する。敏捷が高ければ調整も可能だ。今のは範囲を広げた分拡散してるから、俺の今の魔力・敏捷でも火力がそこまで高いとはいえないだろう。

だが、この三人程度の相手なら、ほぼ確実に削りきれる。削りきれなくても「感電」が入る可能性が高い。狙ってたわけじゃないが、三人の使った連携魔法とやらの上位互換になってるな。

残るは、取りこぼした前衛の一人だけだ。

「さて……」

「く、来るな！」

「この結果を望んだのはおまえらだ」

俺は最後の一人に炎の槍を放とうとし——そこで、気づく。

「紫電地走り」の範囲からギリギリで外れていた少女が、焼死・感電死した男たちを、青い顔で見ていることに。

目の前で人が死んだことにショックを受けているのだろう。

男たちは、弱みにつけこんで彼女を騙し、乱暴した上で殺そうともくろんでいた人間のクズだ。

そんな人間の死にもショックを受けるとは……。

心優しい少女なんだな、と素直に感激できればよかったのだが、俺のすれた感性では、ちょっと世間知らずが過ぎるのではないかとも思ってしまう。

だけどたしかに、女子中学生に見せていい光景じゃなかったな。

結果論ではあるが、この実力差ならもっと穏便な片付け方もあった。それでも、俺は殲滅を選んだ。「天の声」によって正当防衛が保証されたことも後押しにはなったが……単にこのクズどもを殺してすっきりしたかっただけかもしれないよな。

でも、少女はそんなことは望んでなかった。俺の独りよがりな行為でしかなかったってことだ。

結局、これは俺の問題なんだろう。積もりに積もった世の中への鬱憤を、目の前に現れた格好の標的にぶつけただけだ。

何が探索者としての覚悟だよ。ダサいにもほどがある。こんなやつらは殺されて当然だという気持ちに変わりはないが、俺のやったことは正義の名を借りた鬱憤晴らしでしかない。

それでこの子の心に傷を残すんじゃ、とても「助けた」とは言えないだろう。すっきりしたいという俺の欲望を満たすためにこの子のピンチを利用したようなもんだ。もちろん、人から非難されることはないだろうが……。

このまま終わってしまえば、この子はきっと、自分のことを責めるだろう。自分のうかつな判断のせいで人が死ぬことになったと。相手がクズだろうがなんだろうが、彼女にとっては関係ない。

この状況で身の安全を重視して殺す選択をしたのは、探索者としては間違いじゃない。その選択を間違いじゃないと思う程度には、俺の感性はすれている。でも、それだけに、この子のすれてなさを大事にしたかったとも思ってしまう。

とはいえ、もうほとんど終わったことだ。殺してしまったものをなかったことにはできない。

……いや、ちょっと待て。

妙なことを思いついてしまった。

「……ここで『逃げる』を使ったらどうなるんだ？」

†

俺はチャラ男を一人残した状態で、男に背を向け「逃げ」出した。

「はぁっ？」

と、戸惑うチャラ男。

そりゃそうだ。男たちのパーティは六人中五人が殺され、壊滅状態。十秒足らずで五人を倒した俺が、今さら最後の一人から逃げる理由がない。

本気で「逃げる」俺の姿を見て、ようやく男は警戒を解き、俺に向かって斬りかかってくる。

が、逃げタイマーはもう切れた。

俺は一瞬の暗転ののちに数メートル先に現れる。

《「逃げる」に成功しました。》
《経験値を得られませんでした。》
《SPを得られませんでした。》
《マナコインを得られませんでした。》
《5971円を落としてしまった！》

「それでも金は落とすのかよ！」

って、大事なのはそこじゃなかった。

俺は「逃げ」てきたほうを振り返る。

そこでは、

「――そんな！　じゃあ、エリクサーが手に入るというのは嘘だったんですか⁉」

少女が聞き覚えのあるセリフを発していた。

対して、男たちも前回と同じセリフを吐き、流れはさっきと同じ方向へ。

俺は思わずスマホを見た。

画面に映った時刻は…………戻ってはいなかった。

ちゃんと、時間は進んでる。

ということは、時間が戻ったわけではなく、彼らの状態だけがリセットされ、戦闘のちょっと前から「再上演」になったってことか？

「うわ、気持ち悪いな、これ……」

起きた現象の気味悪さのせいで、男たちのゲスなセリフが霞むほどだ。

とはいえ、再上演される不快な演目を最後まで見る必要はないだろう。

俺は今度は不意打ちで、

「紫電地走りの術」

を放ち、六名中三名を倒した。

が、今回は殺してはいない。

「ノックアウト」。

ＨＰが０になる攻撃を当てたときに、対象のＨＰを１だけ残し、行動不能状態にするというスキルだ。

便利そうに見えると思うが、この行動不能状態はＨＰを回復されると解けてしまう。だから、「治癒魔法」持ちの後衛を真っ先に狙った。さっき「ノックアウト」を使わなかったのは、回復手段の有無がわからなかったせいでもある。

これで、ＨＰの低い後衛三人をまずは抑えた。

残りの前衛三人も、ＨＰは残り三分の一もないだろう。

もう一発、「ノックアウト」付きの「紫電地走り」を放つ。

前衛三人のうち二人がダウン、一人が残る。

ちっ、綺麗に二発とはいかなかったか。

「って、待てよ？」

……さっきも同じようなことを言った気がするが。

でも、思いついてしまったものはしかたがない。

もしここで「逃げる」を使えば、再びリセットしてからのやり直しだ。

だが、あえてそうする意味はない。モンスターとちがって、こいつらを「逃げる」でリスポーンさせて狩っても、ＳＰもお金もドロップアイテムも手に入らないからな。

だから、「逃げる」による稼ぎに意味はない。

――と、最初は思ったのだが、ひとつだけ、稼ぎになりうる要素があった。

「特殊条件があるかもしれない」

「人間を連続で○○体撃破」のような特殊条件があるかもしれないよな。

モンスターとちがって、人間の撃破数を稼ぐ機会なんて滅多にないはずだ。というか、しょっちゅうあるようでは俺が困る。

「ノックアウト」でのＨＰ１残しでは撃破扱いにはならないだろうから、最初のようにきちんと「殺す」必要があるだろう。スライムの撃破数の特殊条件がそうだったように、「逃げる」でモンスターがリスポーンしても撃破数のカウントは戻らないことがわかってる。

つまり、「逃げる」でリセット→五人を撃破（殺害）→「逃げる」でリセット→……をくりかえせば、人間の撃破数を稼ぐことができる。

もっとも、「逃げる」のリセット効果は時間にまでは及ばない。だから、くりかえした分だけ時間は進む。さっき探索者協会に通報を入れてしまったからな。あまり時間をかけすぎると通報時刻と少女の証言が矛盾してしまうおそれがある。

だが、ついさっき男の一人が言ってたように、通報を受けてから探索者協会の監察員が送り込まれてくるまでに、短くても数時間はかかるはずだ。

問題は、いくらなかったことにできるとはいえ、人を殺して撃破数を稼ぐのは倫理的にどうなのかってことなんだが……くっ、ボーナスがあるかもと思うと迷うよな。リセットして最後のテイクだけ「ノックアウト」を使えば、少女の心に傷を残すこともない。……まあ、あの無垢な瞳を向けられて罪悪感を覚えるのは避けられないだろうが。

そもそも、最初の回では殺してるんだ。やり直せたからといって、その経験がなくなるわけじゃない。たとえ世界が忘れても、俺だけはしっかり覚えてる。

それならいっそ、特殊条件を満たせるまで粘ったほうがいいんじゃないか？　特殊条件の達成と、少女の気持ちを守ること。この二つは両立できるんだからな。

俺はしばし良心の呵責と戦ったが、
「……報酬だと思って割り切るか」
俺は男たちに背を向けて、敵とおのれの良心から「逃げる」ことにした。

†

一回あたり五人ずつ、きっかり20セットこなしたところで、
《特殊条件の達成を確認。スキルセット「一人殺すも百人殺すも同じこと」を手に入れました。》
「よっし！」
ガッツポーズを決めつつ、「逃げる」俺。
炭と化した男たちのことは見なかったことにしてくれ。さっきから少女の視線が胸に痛い……。

Congratulations!!!――――――――
特殊条件達成：「種族：人間を１００体連続で撃破する」
報酬：スキルセット「一人殺すも百人殺すも同じこと」
「一人殺すも百人殺すも同じこと」を入手したことにより、セットに含まれる以下のスキルを獲得

します。

「暗殺術」「思考加速」「偽装」

Skill

暗殺術1

人体の構造と人間の心理を利用して効率よく人を殺害する特殊技術。種族：人間に近い形態を取る対象に対する与ダメージとクリティカル率が（S.Lv×5）％上昇する。また、急所を突いた場合に（S.Lv×3）％の確率で対象を即死させる。対象を観察することで急所の位置を見抜くことができる。急所の位置を見抜くまでの時間は、対象の身体の構造や彼我の能力値などに左右される。

Skill

思考加速1

危険が迫った時に（S.Lv×3）秒間思考速度を加速する。一戦闘中にS.Lv回まで発動できる。

Skill

偽装

他者が自分のステータスを読み取るスキルを使用した際に、ダミーの情報を読み取らせる。ダミー情報は事前に設定しておく必要がある。

連続撃破の要求数が１００で済んでよかった。スライムのときみたいに４００だったら達成するのは無理だったろう。

なけなしの良心の呵責もすりきれて、頭がすっかり稼ぎモードになってしまった。

しかし、目の前の状況を忘れてはいけない。

リスポーンした男たちを「紫電地走りの術」で地に這わせる。紫電の範囲の調整と「先制攻撃」「先手必勝」「奇襲」の相乗効果で、全員をワンパン圏内に収められるようになった。今覚えたばかりの「暗殺術」の効果も乗ってるはずだ。

もちろん今回は「ノックアウト」を乗せている。念のため「鑑定」で全員のＨＰが１になってることを確かめた。行動不能状態になると口も利けなくなるらしく、不快な雑音を垂れ流されるおそれもない。最終テイクはこれにて無事確定だ。

こいつらのおかげで有用なスキルを得ることはできたが、それはそれ、これはこれ。凶悪な犯罪者を見逃してやる理由はない。

最終テイクでは殺さなかったとはいえ、少女の青ざめた顔が心に響く。

俺はこみあげる罪悪感をこらえつつ、

「君、大丈夫か？」

呆然とたたずむ少女に、なるべく優しく聞こえるように声をかけた。

†

「あ、はい……その、危ないところを助けていただき、ありがとうございます」

そう言ってぺこりと頭を下げた拍子に、ぶかぶかのキャスケット帽が地面に落ちた。

絹糸のような金色の髪が宙に広がる。腰まで届くようなストレートヘア。風をはらんで広がった髪は、これだけ長いのに重たさを感じさせない。

「わわっ……」

少女は慌てて髪をまとめ、キャスケット帽の中に押し込んだ。

少しずり落ちたサングラスの隙間から、透けるような蒼(あお)い瞳が覗いてる。

以前、お忍びの芸能人みたいだと思ったことを思い出す。

「ひょっとして、アイドルか何かなのか？　そういうの、疎くて悪いな」

「あ、アイドル⁉　そ、そんな、とんでもないです！」

少女はぶんぶんと手を振って否定する。

「その、目立つ髪と瞳をしてるので……す、すみません。失礼ですよね」

「いや、事情があるんだろ」

見た目がよすぎるというだけでも、妙な男にからまれないとも限らない。というか、実際にからまれてたわけだし。

「その制服、葛沢(くずさわ)中のだよな。俺も卒業生なんだ」

「えっ、そうなんですか！　すごい偶然ですね」

「いや、まあ、地元だし……。それより、どうして中学生がダンジョンに？」

と、話しつつ、ノックアウトしたクズどもが気になるが……まあ、起きたらまた倒せばいいか。

「ノックアウト」の説明文によれば、回復するまでＨＰ１のまま行動不能だってことだけどな。縛り上げようにもロープなんて持ってないし。

いや、ひょっとして……。俺は探索者の一人が持ってたスポーツバッグを漁ってみる。中からはガムテープと結束バンド、工事用のロープが現れた。どう見ても、準備を整えた上での計画的な犯行だ。その悪意に吐き気がする。

「やっぱり、ここで殺しておくか？　『天の声』の許可があったから、正当防衛は成り立つぞ」

「そ、そんな、とんでもないです！　悪い人でも簡単に生命を奪ってはいけません！」

「そう言うと思ったよ」

俺は念のために、探索者たちの口をガムテで塞ぎ、両手を後ろに回して親指同士を結束バンドで固く結ぶ。ロープで身体をぐるぐる巻きに。こんなことをするのは初めてなのでちょっと厳重にやりすぎたかもしれない。

……それだけ怖いんだよ。何をするかわからない人間がな。今になって手が震えてきてるし。

「でも、これだけは覚えておいたほうがいい。探索者を殺さずに無力化するのは、単に殺すよりもずっと難しい。危険でもある」

「ですが、あなたは……」

「君が気にしそうだったからね。だけど、これが普通だとは思わないでくれ。俺だって、相手がもっと強かったら手加減なんてできなかった」

「その……ご配慮、ありがとうございます」

「そういうことじゃない。もとはといえば、君が原因だ。何か事情があるみたいだけど、こんな見るからに怪しげな連中についていってってどうする？」

「うう……どうしても必要だったんです。お母様が病気で……」

「だからって無謀すぎる。こういう言い方は卑怯かもしれないが、君に何かあったら君のお母様はどう思う？」

「そ、それは……ぐすっ」

少女の目に涙が溜まる。

俺は慌てて、

「あ、ああ、いや。その、注意してくれって話だよ。あまりに必死に見えたから、また危ない目に遭うんじゃないかと思ってな……」

ぐすっぐすっと泣く少女と、どうしていいかわからない俺。

泣いてる女の子への接し方なんて知らないぞ！

その気まずい時間を破ったのは、「索敵」の反応だった。

といっても、敵じゃない。青い光点が、ものすごい速さで四層をこっちに向かって移動してくる。

しかも、この反応って……。

「ゆうくん！　無事っ⁉」

角を曲がってくるなり、見覚えのありすぎる女騎士がそう言った。

「芹香⁉　どうしてここに……」

現れたのはなんと芹香だった。息が多少弾んでるが、汗ひとつかいてない。まさかと思うが、四層もあるこのダンジョンを全力ダッシュで抜けてきたのか？

「どうしてって、悠人が通報したんでしょ？」

「通報は探索者協会に行くはずだよな？」

「私、探索者協会の地区監察員もやってるから」

と、あっけらかんと言う芹香。

「監察員って……危なくないのか？」

ダンジョン内で発生した凶悪犯罪に対して緊急出動するのが監察員だ。危険なダンジョンを最速で抜けて現場に急行するだけでも危険だが、その先に待ち受けてるのは凶行に及んだばかりの探索者。生半可な実力では命がいくつあっても足りないだろう。

「ちゃんとレベルに見合った仕事を受けてるから、大丈夫。それより、悠人だよ！」

「お、俺？」

「探索者になってまだ一週間も経ってないのに、どうしてCランクダンジョンの四層なんかにいるの⁉」

「あ、いや……」

しまったな。協会の監察員なら「偽装」で誤魔化そうと思ったんだが、よりによって芹香が来てしまうとは。ＤＧＰでの通報は通報者の名前がわかるからな。通報に俺の名前があるのを見て慌てて駆けつけてくれたんだろう。

「そ、それより、彼女のことを頼むよ」

「話を逸らそ――――！　って、そうだった。今はそっちの話を聞かないと」

「そうそう」

「悠人の話も後で聞くけどね」

「……まあ、あとでな」

少女はその場にへたりこんでいた。芹香が来たことでようやく安心できたんだろう。男である俺だけだとまだ気が抜けなかったんだろうな。さっきあんなことがあったばかりだし。

少女の様子を見て、芹香の眉間が険しくなった。芹香には俺から事情を説明する。少女の手前生々しいところは省いたが、芹香には十分伝わったらしい。

「録音データもある」

「逃げる」でリセットしたあとで、連中の会話をスマホに録音しておいたのだ。

俺の話を聞き終えた芹香は、

「ひどいっ……人をなんだと思ってるの」

怒りに唇を噛み締めた。

「怖かったね。もう大丈夫だから」

「う、うぇえ……」

怒りを脇に置いて、少女を安心させようとする芹香。

こうしてみると、立派に監察員をやってるな。

芹香はアイテムボックスから温かい飲み物を出して少女に手渡す。

俺は一応「索敵」で周囲のモンスターを警戒しておく。多分、同じようなことを芹香もやってるんだろうけどな。

少女が落ち着いた頃合いを見計らって、芹香に聞く。

「帰りはどうする？」

「普通に戻ればいいんじゃない？」

「四層から上まで逆戻りするのは大変だろ。俺がボスを倒すから、奥のポータルから外に出よう」

「悠人が倒すって……一人で⁉」

「ああ」

「……できるの？」

「問題ない」

「私が一人で倒すんじゃダメなの？」

「いろいろ事情があってな」

もしここから上まで歩いて戻るとすると、途中で出くわしたモンスターは俺と芹香で倒すことになる。でもそうなると、俺にも経験値が入ってしまう。

俺と芹香を別パーティにして芹香だけに戦ってもらうという手はあるが……さすがにかっこ悪すぎるよな。さっきの戦いを見てた少女にも不審に思われてしまうだろうし。

じゃあ、芹香とパーティを組んでボスを倒すのはどうか？　ダンジョンボスには経験値がない。芹香に任せてボスを撃破してもらっても、俺に経験値が入ることはない。

でも、特殊条件があったら困るんだよな。もし「ボスを初回の探索かつソロで倒す」みたいな条件があったばあい、俺はその条件の達成を永久に逃すことになってしまう。

それに、ダンジョンボスにはレベルレイズがある。このダンジョンを単騎で駆け抜けて傷一つ負ってない芹香であっても、自分と同レベルのボスと戦うのにはリスクが伴う。口ぶりからすると余裕がありそうではあるが、レベルレイズのかからない俺が戦ったほうが安全なはずだ。

ダンジョンボスは、一度倒されるとしばらくのあいだ復活しない。俺が倒した直後なら、芹香、少女、捕らえた探索者六人を連れて出口のポータルで地上に戻れる。

「うーん……。その事情は、あとで教えてくれるのかな？」

「誰にも話さないなら、いいぞ」

「当然だよ」

俺がある程度戦えるということを示しておくのも、今後のためにはいいだろう。ダンジョンに行くたびに芹香を心配させるのも悪いしな。

「じゃあ、さっそく行ってくる」

ボス部屋の扉はすぐそばにある。

「うん、がんばって」

「ああ」

芹香にうなずき、俺はボス部屋の扉を押し開いた。

†

ボス部屋にいたのは、遠目に見れば、道中にいたのと同じロックゴーレムだ。

だが、サイズがまるでちがう。

「聞いてはいたけど……でかいな」

全高六、七メートルはあるだろう。身体が大きくなった分、増えた体重を支える下肢の岩石が分厚くなって、建設用の重機みたいな迫力がある。ロボットアニメによっては、このくらいの大きさのロボットもいるよな。アニメのロボットほど機敏に動くことはないだろうが、生身で戦う相手としてはかなりのプレッシャーを感じるな。

でも、この狂った現代において、身体の大きさは必ずしも強さに直結しない。

「『鑑定』」

Status
ギガントロックゴーレム（ダンジョンボス／レベルレイズなし）
レベル　37
HP　3010／3010
MP　0／0
攻撃力　1240
防御力　975
魔　力　148
精神力　444
敏　捷　148
幸　運　855

・生得スキル
渾身の一撃２　ロケットパンチ１
自壊装甲１

撃破時獲得経験値０
撃破時獲得SP121
撃破時獲得マナコイン（円換算）59200
ドロップアイテム　守りの指輪　鋼鉄の盾
エリクサー

「エリクサー、か」

能力より先にそっちに目が行った。ドロップアイテムの三枠目だから確率は相当低いんだろう。男の一人が言ってた「このダンジョンのボスがごくまれにエリクサーを落とす」って話はあの子を騙すための嘘じゃなかったってことか？　でまかせが偶然当たっただけかもしれないが。

「能力的には……どうだろうな。さすがに一撃は厳しいか？」

ダンジョンボスは、ボス部屋に入った時点でこっちに気づく。だから、「奇襲」や「先制攻撃」は発動の条件を満たせない。

「自壊装甲」のスキルも地味に厄介だ。これは、強力な攻撃を受けた際に身体の一部を自壊させることでダメージを軽減するというスキルらしい。スキルレベルは低いものの、それでも大ダメージを50％もカットする。自分の身体を壊すからそう何度も使えるわけじゃないみたいだけどな。

……おっと。参考までに現在の俺のステータスも載せておこう。

Status
蔵式悠人
レベル　1
HP　1067／1067
MP　834／834
攻撃力　534
防御力　357
魔　力　2765
精神力　3460
敏　捷　8949
幸　運　3365

・固有スキル
逃げる　S.Lv1

・取得スキル
【魔法】火魔法２　風魔法１　水魔法１　氷魔法１
雷魔法１
【特殊能力】忍術１　暗殺術１　毒噴射１
【戦闘補助】MP回復速度アップ１　強撃魔法１
高速詠唱１　古式詠唱１　魔法クリティカル１
思考加速１　回避アップ１　ノックアウト
自己再生１　分裂１　サバイブ　奇襲１　先制攻撃１
先手必勝１　先陣の心得１　追い払う
【能力値強化】HP強化２　防御力強化２　魔力強化２
MP強化１　精神力強化１　敏捷強化１　幸運強化１
身体能力強化１
【耐性】麻痺耐性１　石化耐性１　睡眠耐性１
即死耐性１　混乱耐性１　沈黙耐性１
【探索補助】鑑定　簡易鑑定　偽装
アイテムボックス１　索敵１　隠密１

・装備
防毒のイヤリング
旅人のマント

SP　1353

「どーお？　いけそう？」

後ろから芹香が聞いてくる。

「一撃で倒すのは難しそうだな」

「……いや、ダンジョンボスって一撃で倒すものじゃないんだけど」

「魔法攻撃だと『自壊装甲』がなぁ……かといって物理攻撃は攻撃力が低すぎて話にならない」

俺の物理攻撃力は、基本値の低さ×「逃げる」の補正で酷いことになっている。

逆に、ギガントロックゴーレムは生まれつきの防御力の高さをスキルの補正でさらに高めてる。

防御力975のギガントに攻撃力534の俺が攻撃しても、まともにダメージが通らない。

っていうか、そもそも俺は武器すら持ってないんだけどな。

「他に使えそうなのは……おっと、そうだ、あれを試してみるか」

俺が方針を固めたところで、ゴーレムが動き出す。重機のようなゴーレムが、床をぶち抜き、地響きを立てながら迫ってくる。

だが、

「遅い！」

俺はすばやくギガントの後ろに回り込む。ギガントの凸凹した身体を足がかりにして、俺はあっというまにギガントの肩の上に乗っていた。

「えっ、速っ⁉」

と、背後で芹香の驚く声。

『強撃魔法』、『古式詠唱』

「古式詠唱」は威力が上がる代わりに詠唱時間が長くなる。

俺を振り落とそうと暴れるギガント。

数秒のあいだ、俺はギガントの肩にしがみつく。

ギガントは腕を上げて俺を払おうとするが、腕の可動域が狭くて肩の上まで届かない。

俺は、詠唱を進めながらギガントの動きを観察する。首の付け根に、力が集中してる部分があった。岩と岩が臼のように擦れる摺動部だ。そこを破壊すればギガントの動きが止まる――そのことが直感的に理解できた。

「そこだ！　フレイムランス！」

俺はギガントの首の付け根に紅蓮の槍を叩き込む。攻撃魔法の威力は距離で減衰する。最大火力を出すにはゼロ距離射撃だ。

炎の槍はギガントの摺動部に食い込んで――。

ばがんっ、と音を立て、ギガントの身体が大きく割れた。

上半身から走った亀裂に沿って、ギガントの身体がただの岩へと崩れていく。

無数の岩の塊が、ボス部屋に凄まじい音を立てて降り注ぐ。

俺は既に、巨人の肩だった場所からジャンプ、土煙の外に逃がれてる。

マントのすそで顔の下半分を覆い、もうもうたる土煙を防ぐ俺。

念のため土煙の奥に「鑑定」をかけるが、何の結果も返ってこない。

ギガントは間違いなく死んでいた。

「……まさか、３％を引くとはな」

俺にとっても、今のはちょっとできすぎだ。「暗殺術」は人の形をしたものに対して特別な効果を発揮する。具体的には、ダメージ増、クリティカル率アップ……そして、低確率での即死効果。

だが、即死効果を狙うには、急所を突く必要がある。だから俺は、わざわざギガントの肩によじのぼった。ギガントの敏捷が148しかないのに対し、俺は8949もあるからな。急所があのあたりにありそうだってことは最初の時点でわかってた。これも「暗殺術」の効果だろう。

ちなみに、もし即死が出なかったばあいには、「フレイムランス」を連発してゴリ押ししようと思ってた。

《ダンジョンボスを倒した！》
《ダンジョンボスに経験値はありません。》
《SPを484獲得。》
《59200円を獲得。》
《「守りの指輪」を手に入れた！》

「……さすがにエリクサーは出なかったか」

さて、ボーナスはあるだろうか？

《特殊条件の達成を確認。スキルセット「研ぎ澄まされた致死の刃」を手に入れました。》

Congratulations!!! ――――――――

特殊条件達成：「自分と同じレベル以上のダンジョンボスを一撃で即死させる」
報酬：スキルセット「研ぎ澄まされた致死の刃」
「研ぎ澄まされた致死の刃」を入手したことにより、セットに含まれる以下のスキルを獲得します。
「致命クリティカル」「バックスタブ」「天誅（てんちゅう）」

Skill ――――――――

致命クリティカル1
クリティカルヒット時に即死効果の発動率が（S.Lv×10）%上昇する。

Skill ――――――――

バックスタブ1
敵の背後から攻撃した際にクリティカル率が（S.Lv×10）%上昇する。

Skill ――――――――

天誅1
ボスモンスター、レッドネーム、自分の倍以上のレベルを持つモンスターに対し、クリティカルヒット時の与ダメージが（S.Lv×10）%上昇する。


「おお！　これは美味（うま）いな！」

俺は「逃げる」の補正のおかげで幸運の値がかなり高い。もともとクリティカルが出やすいから、この三つのスキルとの相性はよさそうだ。しかも、「魔法クリティカル」の効果で、俺は魔法攻撃でもクリティカルが出る。ボスに後ろからの魔法攻撃でクリティカルを出して、運がよければ即死効果まで発動する――そんな凶悪コンボが見えてくるな。

それ以上にエグいのは、「天誅」の効果対象だ。「自分の倍以上のレベルを持つモンスター」。俺にとってこれが何を意味するかは、もうお察しの通りだろう。レベル1の俺にとって、レベル2以上の全てのモンスターは「倍以上のレベルを持つモンスター」だってことになる。それこそ、雑木林ダンジョンで最初に戦った「スライムＬｖ３」ですらこの条件を満たしてる。レベル1のモンスターなんて、むしろ見つけるほうが難しい。俺にとっての「天誅」は、今後クリティカルが出たときのダメージを一律10％（正確にはS.Lv×10％）引き上げてくれる、事実上の常時発動スキルだってことだ。

「『天の声』の続きは……ないみたいだな」

少し待ってみたが、今回の「天の声」は一回だけで終わりらしい。

……いや、「一回だけ」って、感覚が麻痺してるよな。前回みたいに特殊条件をいくつも達成してボーナスのスキルセットがポンポン手に入るなんてのは、さすがにレアなケースだろう。前回は初めてのダンジョン踏破だったせいで条件がまとめて達成されたんだ。普通の探索者にとっては特殊条件を一つ満たすだけでも難しいはずだ。

って、今は特殊条件の考察をしてる場合じゃなかったな。

俺はボス部屋の入口に戻ると、口をあんぐり開けてる芹香に言う。

「終わったぞ」

「い、いや、たしかに終わったけど⁉　ボスモンスターを一撃なんて……悠人はレベルいくつになってるわけ⁉」

芹香には少し前にステータスを見せてるからな。あれからまだ数日しか経ってない。Cランクダンジョンとはいえ、ボスモンスターを一撃というのはかなり規格外な成長速度だろう。

「運がよかったんだよ」

「運とかそういう問題⁉」

「ま、それはあとでちゃんと話すよ」

ちらりと少女のほうを見て俺が言うと、

「そ、そうだね。じゃあ、奥のポータルで外に出よっか。この人たちも協会に引き渡さないとだし」

この人たち、というのは、俺が「ノックアウト」した例のクズ探索者どもだな。

六人は丈夫そうなワイヤーで数珠繋(じゅずつな)ぎにされていた。俺が後ろ手に縛った上から手錠までかける念の入れようだ。俺がボスと戦ってるあいだに芹香がやったんだろう。

「この人たち全然動かないんだけど……何したの？　麻痺でもないし、時間停止でもないし」

「時間停止なんてあるのか」

それはなんて男のロマン……じゃなかった、なんて危険な状態異常なんだ！

「……なんか変なこと考えてるみたいだけど、すごくレアな固有スキルだからね」

ジト目を向けられ、俺はついっと視線をそらす。

「ＨＰを回復すれば動けるようになるはずだ」

「軽くでいいよね。エリアヒール」

芹香の治癒魔法で、クズたちが身じろぎをする。

……芹香は治癒魔法まで使えるのか。前衛職だとばかり思ってた。範囲回復となると、スキルレベルもそれなりのはずだ。

「うぐ、うぐぐぐぅぅぅ……！」

クズたちが何かを叫ぶが、ガムテを貼られたままでは聞き取れない。身体もガッチガチに拘束されている。男たちはしばしもがくが、ほどなくして抵抗を諦めた。

「悠人が先導して。私はこの子と一緒に後ろから見張るから」

「わかったよ」

ボス部屋の奥のポータルから外に出ると、水上公園の池は茜(あかね)色に染まっていた。

ダンジョンの入口前に、完全武装の探索者の集団が待ち受けていた。

全部で十人ほど。見たこともない強そうな装備をしてるが、手にしてるのは伝統的な逮捕具のさすまただ。フラフープを半分に切って物干し竿(ざお)の先に付けたようなアレだな。

その集団が、芹香を見るなり敬礼をした。

「朱野城さん。お疲れ様です」

集団のリーダー格が芹香にそう声をかける。ちなみに、朱野城ってのは芹香の苗字な。

今さらだけど、もし俺が知らないあいだに芹香の姓が変わったりしてたら計り知れないショックを受けるところだった。

それにしても、明らかに年上の男が、芹香をまるで目上の相手のように扱ってる。しかも、渋々ではなく、心の底からの敬意を抱いて。

芹香ってマジ何者なんだ。

……いや、直接聞けよって話だが、きっかけがなくてな。

「皆沢さんたちでしたか。見ての通り、彼らが問題の不法探索者です」

「はい、たしかに引き渡しを受けました」

「彼女からの事情聴取も必要ですか？」

と、少女を目で示して芹香が言う。

「いえ、朱野城さんの証言があるなら、そちらは落ち着いてからで結構ですよ。こちらで彼女を送り届けましょうか？」

「いえ、ショックを受けていると思いますので、私が送ろうと思います。というより、彼女の家はちょうど今彼女しかいないそうなので、うちで保護しようかと」

そうなのか？　俺がボスと戦ってるあいだに聞いたのかな。

「すみません。そうしていただけると助かります。こちらはどうも荒っぽいものばかりでして」

「近所みたいなので大丈夫ですよ」

うなずく芹香に、リーダーは俺をちらっと見て、

「あなたが通報者でしょうか？」と聞いてくる。

「はい。証言とかしたほうがいいですか？」

「彼らの容疑事実については後日確認していただきますが、戦闘の詳細については不要です。探索者には、その実力やステータスを秘匿する権利がありますので」

……いいのか、それで。探索者の権利強すぎて、警察がブチ切れるんじゃないかと心配になるな。

リーダーは、俺を興味深そうにしげしげとながめ、

「君も、ご苦労様でした。朱野城監察員が到着するまでのあいだ、よく持ち堪（こた）えてくれました。君のような勇気ある探索者はなかなかいない。若いのに立派だ。ありがとう」

と、芹香に対するよりは少し気やすい感じで言ってくる。

まあ、探索者としては明らかに先輩だし、そうでなくても歳上だ。心から言ってることがわかるので、軽んじられてるようには思わなかった。

が、芹香は頬を膨らませ、

「皆沢さん。それは誤解ですよ」

「誤解、ですか？」

「私の現着時には、ゆう……蔵式（くらしき）君が既に彼らを制圧し終えていましたから」

「なっ……そうなのですか⁉」

「ああ、いや……そうだけど。あんまり目立たないようにしてもらえると有り難いです」

「それは……もちろんだが。それはそれとして、そんな実力の持ち主なら監察局にスカウトしたくなるな」

「そ、それはダメ！　ゆうくんは私が先に目をつけたんだから！」

慌てて、芹香がリーダーを止めに入る。

リーダーは一瞬ぽかんとしてから、

「ふ、ははっ。これは失礼しました。とんだ野暮を言ってしまったようですね」

「い、いえ、べつにそういうんじゃなくてですね……！」

「ともあれ、この者たちは必ず厳罰に処されるよう尽力しますので。朱野城監察員はごゆっくりと彼を勧誘してください」

「も、もう！　からかわないでくださいよ！」

ぷんすか怒る芹香に苦笑交じりに敬礼したリーダーは、協会の探索者に逮捕者たちを連行させ、公園の駐車場へと去って行った。

†

芹香が配車アプリでタクシーを呼んでるあいだに、俺は駐輪場に止めておいた自分の自転車を

「アイテムボックス」に回収する。

　タクシーがやってくるのを待ちながら、

「なあ、芹香。エリクサーを手に入れる伝手があったりしないか？」

　俺が聞くと、

「え？　エリクサーならいくつか持ってるけど」

　芹香はこともなげにそう言った。

「ほ、本当ですか⁉」

　と、食いついたのはもちろん少女だ。さっき聞いたところでは、彼女の名前は篠崎ほのか。俺や芹香が卒業した葛沢中の二年生で、俺たちの実家からさほど離れてないところに住んでるらしい。

「ほのかはエリクサーを探してたんだよな？」

「は、はい。でも、なんでご存知なんですか？」

「実は、ちょっと前にファムズの探索者ショップで見かけたんだ」

　ファムズっていうのは例のショッピングモールの名前な。

「う……ひょっとして、店員さんにエリクサーがないか聞いてご迷惑をかけたときですか？」

「べつに迷惑ってほどじゃないと思うけど。何かの事情で必要だったんじゃないのか？」

「そ、そうなんです。母が病気で、治すためにはどうしてもエリクサーがいるんです」

　顔を伏せて、ほのかちゃんが言う。

　その言葉に芹香が、

「……ちょっと待って。病気にエリクサーが必要ってどういうこと？」

怪訝(けげん)そうな顔でそう聞いた。

「えっ、エリクサーなら病気も治せるんじゃないのか？」

「生活習慣病みたいな慢性疾患は無理だね。急性の病気ならだいたい治るよ」

「じゃあ……」

「でも、そういう病気は現代医学と治癒魔法の組み合わせでずっと安価に治療できるんだよ。エリクサーなんていう貴重品を使う必要はなかったはず」

「……どういうことだ？」

「……母はその……少し珍しい生まれでして……」

歯切れ悪く、ほのかちゃんが言う。

「……絶対に口外するなと言われてるんです。言っても信じてもらえないかもしれませんし……」

と、ためらうほのかちゃん。

「あのね、ほのかちゃん」

芹香が少しかがみ、ほのかちゃんに目線を合わせる。

「ほのかちゃんのお母さんが病気で、本当にエリクサーが必要なら、私はあげてもいいと思ってる。でも、エリクサーは貴重品で、そう簡単に人に渡していいものじゃないんだよね」

「そうなのか？」

「もう、悠人はもうちょっと勉強したほうがいいよ？　エリクサーは国の指定戦略探索物で、国外

への持ち出しに許可がいるくらいなんだから」

そうなのか、とくりかえすのもあれだったので黙っておく。

エリクサーは、HPとMPを全快させ、あらゆる状態異常を一瞬で解除するばかりか、切断された身体の一部すら復元すると聞いている。その効果が最も求められるのは、やはり戦場だろう。国が確保しようとするのも当然か。

「はい……。悠人さんと芹香さんには命を助けられましたから……事情をお話ししても、お母様もお許しくださると思います。いえ、助けられたことをお母様に隠したりしたら、きっと叱られてしまいます」

なんていうか、ずいぶん古風な家なんだな。キャスケット帽に隠した髪は金色で、サングラスの奥の瞳は透けるような蒼。西洋人っぽい見た目だけど、両親のどちらかが日本の古い家に嫁いだとかだろうか。近所にそんな家はなかったと思うが。

「よろしければ、お母様に会ってはいただけないでしょうか？」

「そうね……。エリクサーを渡すなら、使う相手も知らずにってわけにはいかないかな。悠人は？」

「俺か？　俺が行ってもしょうがないと思うが……」

「そんなことはありません。お母様ならきっと、娘である私を助けていただいたお礼を直接会って申し上げたいとおっしゃるはずです。ことによると、無理をしてでも自分から悠人さんのもとに出向くと言い出しそうで……」

「病気なんだろ？　そんなことされても困るよ」

べつに礼を言われたくて助けたわけじゃないし。

「ちょっと悠人、そんな言い方！」

「も、申し訳ありません……」

「い、いや、ほのかちゃんを責めてるわけじゃないって。言い出したのは俺なんだ、一緒に行こう」

断るわけにもいかなくなってしまったな。

芹香はなんのためらいもなくエリクサーをあげると言った。

でも、元はと言えば俺が言い始めたことだ。負担を芹香に押し付けるのは気が引ける。最低でも、なるべく早くエリクサーを芹香に返せるようにしないとな。芹香は気にするなと言いそうだが、それに甘えてしまうのはどうかと思う。

――あとでギガントロックゴーレムのレアドロ枠を狙うか？

でも、ボスがエリクサーを落とすまで水上公園ダンジョンを周回するのはいくらなんでも効率が悪い。トレホビ狩りと並行すれば時間の無駄にはならないが、今の実力ならBランクダンジョンに挑んでもよさそうだ。

ダンジョンのランクを上げれば、もう少し高い確率でエリクサーをドロップするモンスターがいるかもしれないよな。あるいは、特殊条件でアイテムのドロップ率を上げるようなボーナススキルが手に入る可能性もある。

まあ、さすがにそれは希望的観測が過ぎるだろうが。

タクシーがやってくるまでの数分間、俺は芹香の追及をかわしながら今後の方針に悩むのだった。

03 天狗峯神社ダンジョン（前半）

翌日。

俺と芹香(せりか)はほのかちゃんの母親に会いにいくことになった。

病気だというからてっきりどこかに入院してるのかと思ってたが、

「……どう見ても神社だよね」

「ああ、どう見ても神社だな」

納得いかなそうにつぶやく芹香に、俺もうなずく。

ほのかちゃんが俺たちを案内したのは、山奥——というか、ほとんど山の頂上にある大きな神社だ。

——天狗峯(てんぐみね)神社。

俺たちの地元からローカル線を二つも乗り継いで、終着駅まで一時間。その終着駅からも、バスでさらに一時間もかかる。

境内には霧が立ち込めていて、パワースポットと呼ばれるのも納得の静かで厳かな雰囲気だ。山の上だけあって季節のわりに肌寒い。

「どうぞ、こちらへ」

ほのかちゃんの案内で社殿に上がり、奥の屋敷に通される。今どきなかなか見ない純和風のお屋敷だった。俺と芹香は囲炉裏ばたで火鉢に当たりながら、母親を呼びに行ったほのかちゃんを待つ。

「私たち、すっごい場違いじゃない？」

と、女騎士風の装備の芹香が言う。

「俺には芹香が西洋風の鎧を着てるだけで十分違和感があるぞ」

「ダンジョンが出来てもう何年も経ってるんだよ？　私はもう違和感とかはないかな」

「適応しすぎだろ」

まあ、世間に適応できずにひきこもってた男に言われてもって感じだろうけどな。

「探索者になってほんの数日でCランクダンジョンを楽々ソロ踏破した悠人に言われたくないよ」

「いや、そういうことじゃなくてだな……」

世界中にダンジョンが出来るなんていうわけのわからん現象が起きたにしては、芹香を含む世間一般があまりにもあっさり受け入れすぎてるように思うんだよな。

そもそも、いくらひきこもってたとはいえ、俺だってネットくらいは見てたんだ。

にもかかわらず、ほんの数日前まで俺はダンジョンの存在すら知らなかった。

どう考えてもおかしい。

なのに、それを気にしてるやつが誰もいない。

「――お母様をお連れしました」

と、障子戸の奥からほのかちゃんの声。

「どうぞ。……って、俺が言うのもおかしいか」

「では、失礼します」

しずしずと戸が開かれた。

「索敵」の反応で、ほのかちゃんともう一人、よく似た気配の女性がいることはわかってた。

芹香もまた、障子戸の奥の気配には気付いていただろう。

それなのに、戸の奥から現れた女性を見て、俺も芹香も息を呑んだ。

単に恐ろしいほどに美形ってだけなら、ほのかちゃんを見れば予想がつく。西洋人にも珍しいほどの見事な金髪と、湖面のように透き通った蒼の瞳も、ほのかちゃんの親ならおかしくない。

見た目が二十代半ばくらいにしか見えないことも、絶対にないとは言い切れない。ほのかちゃんの年齢を考えればありえないような気もするが、歳より若く見えるだけかもしれないよな。包容力のありそうな、でもどこか儚げでもある雰囲気は、なるほど、年齢不詳の気味もある。

しかし、それでもなお、にわかには信じられない特徴が彼女にはあった。

それは、

「その耳って……」

目を見開いた芹香が、おもわずといった感じで言葉をこぼす。

が、すぐに我に返って、

「あ、ごめんなさい。初対面の人に」

「いえ、かまいませんよ。この世界の方が驚くのは当然ですから」

やわらかに微笑んで、女性が言った。

女性は自分の耳に指先で触れながら、

「地球には長い耳を持つ種族はいませんからね」

「あの、悠人さん、芹香さん。こちらが私のお母様です。その、見てお分かりかも知れませんが……」

ほのかちゃんの言葉に、俺はかすれた声でつぶやいた。

「……エルフ」

俺の言葉に、ほのかとほのかの母親は小さくこくりとうなずいた。

†

囲炉裏にかけられた鉄瓶で立てたお茶を、ほのかの母親――はるかさんが俺の前に差し出した。

芹香の分はほのかちゃんが出してくれてるな。

「不調法で、飲み方とかわからないですけど」

「どうぞお好きなように。私も習い始めたばかりですから。素人の粗茶ですみません」

「は、はあ」

俺と芹香は目を見合わせてからお抹茶をいただく。

……うん、抹茶だな。

「美味しいです」

「それはようございました。やることもないので住職さんが茶道の手解きをしてくださったのですが、まだ学ぶことばかりです。正座も長くやっていると痺れてしまいます」

そう言って微笑むはるかさんに、

「それならどうぞ楽にしてください」

と、芹香が気を利かせる。

「お言葉に甘えさせてもらいますね」

はるかさんが正座を崩して横座りになる。

緋袴から覗いたふくらはぎの白さに、俺は慌てて目を逸らす。

……って、緋袴？

かなり今さらだけど、はるかさんは白衣に緋袴の巫女装束に身を包んでいた。ほのかちゃんと同様金髪と蒼い瞳の西洋人——いや、「エルフ」が巫女の格好をしている。もっと早く気づいてもよさそうなものだったが、はるかさんの浮世離れした美しさと凜とした佇まい、そして何よりピンと尖った長い耳に注意が行って、服装のことにまで気が回ってなかったのだ。

異色の取り合わせのはずなのにものすごくよく似合ってる。エルフというとスレンダーなイメージだが、はるかさんはスタイルがいい。こう、白衣を盛り上げる膨らみがなんとも艶かしくて……。

「悠人……いつまで見てるの？」

「はっ！」

隣から芹香にジト目を向けられ、俺はようやく我に返る。

ほのかちゃんがわずかに頬を膨らませながら、

「悠人さんはお母様のような女性がお好みなんですか？」

「い、いや、そういうわけでは」

「あら。私には魅力がないでしょうか？」

「そ、そんなこと、あるわけないですよ！　ほのかちゃんもびっくりするほど綺麗だと思ったけど、はるかさんはそれに大人の色香まで加わって……」

って、俺は何を力説してるのか。

俺を見る芹香の視線が冷たくなり、ほのかちゃんは真っ赤になってうつむいてしまった。

「ふふっ。私もまだ捨てたものではありませんね。これでもだいぶいい歳なのですが」

「……本当にエルフなんですか？」

「はい」

「ええと……どこから聞いたものか……」

「私たち親娘の置かれている状況についてはのちほどお話しいたしますわ。その前に、まずはお礼を申し上げさせてください」

はるかさんはほのかちゃんを促して、

「昨日は娘の危ないところをお救いいただき、誠にありがとうございました」

「ありがとうございました」

二人揃って俺と芹香に頭を下げる。

「よ、よしてくださいよ。たまたま居合わせただけなんですから」

「いえ、探索者は自衛が原則です。愚かにも罠にはまった者を、危険を冒してまで助けてくださる方は少ないでしょう。それも、なんの見返りも要求しなかったと聞いています」

「……見返りか。考えもしなかったな」

俺としては、あの犯罪探索者たちを利用して特殊条件が達成できたから、危険を冒しただけのリターンはあった。

でも、それを話すわけにもいかないしな。

話したところで、それとこれとは別だから、改めてこちらからも礼をする、と返されそうだ。

……古風な家柄なのかと思ってたが、まさか、エルフだったとは。

一応断っておくと、この狂った現代においても、エルフやドワーフといった人間以外の種族の存在は知られてない。ダンジョンに出るのはモンスターだけだからな。

空想の産物でない現実の「エルフ」がどんな存在なのかはわからないが、受けた恩は死んでも返せみたいな掟や戒律があったりするんだろうか。

そこで、芹香が不機嫌そうに、

「……どうせ、ほのかちゃんがかわいいから助けようと思ったんでしょ？　よかったわね、かわいい女子中学生に慕ってもらえて」

「いや、さすがにあんな状況だったらほのかちゃんじゃなくても助けてたぞ」

「ほんとかなぁ」

「なんで疑うんだよ。それこそ、からまれてるのが芹香だったらなにがなんでも助けてるって」

俺の実力で芹香の助けになるようなことがあるなら、だけどな。

「ふ、ふーん。そうなんだ。ふふっ」

一転、機嫌をよくした芹香が、照れ隠しのように茶碗に口をつけて顔を隠す。

「ほのかには、あのような危険な真似は二度としないよう、厳しく叱っておきました」

にっこり笑ってはるかさんが言うが、ほのかちゃんに向けられた目はまったく笑っていなかった。

「う、は、はい……。その、この度は私の愚かな行いで悠人さんたちを危険にさらしてしまい、申し訳ありませんでした……」

よほど厳しく叱られたのだろう、怯えすら見えるほどにしょげた様子で、ほのかちゃんが俺に言ってくる。

「気にするな……というのもあれかな。お母さんを助けたい一心だったのはわかってるから、反省してるなら俺から言うことは何もないよ」

「私は、悠人があいつらを全員のしたあとで駆けつけただけだし。同じく、反省してるなら怒る理由はないかな」

「寛大なお言葉、この子の親として感謝いたしますわ、悠人様、芹香様」

はるかさんはそう言ってもう一度深々と頭を下げる。

「様付けはやめてくださいよ。俺よりは歳上なんでしょう？」

と聞きながら、俺は自分のこれまでの経歴を思い出す。

とても人に誇れるような経歴じゃない。俺は、とある事情から高校を中退し、大検を目指しながらアルバイト、しかしアルバイト先でも「逃げて」、大学受験も失敗した。その後何度か就職するもそのたびにメンタルヘルスを病んで、半年、一年、二年と歳月が過ぎた。その間、大学生、社会人となって大人びていく芹香の噂話を聞きながら、俺はただ薄暗い部屋にこもってた。

ろくな人生経験がないだけに、歳上の女性から「様」付けで呼ばれるのは落ち着かない。

はるかさんは見た目二十代半ばくらいにしか見えないが、ほのかちゃんが中二なら、その母親であるはるかさんが見た目通りの年齢のはずがない。若くても三十歳は超えてるはずだ。エルフがこの世界の創作物通りに不老長命なら、もっと上でもおかしくない。

そんな俺の内心を読み取ったのか、

「あら、女性に年齢を尋ねるものではありませんよ？」

いたずらっぽく、はるかさんが微笑んだ。

「それって、エルフにも有効なんですか？」

「いえ、あまり。長老クラスになると、どちらが歳上かで主導権争いが起きたりもいたします」

エルフの長老は年齢でマウントを取り合うのかよ。年の功でもっと落ち着いてほしいもんだよな。

「私は当年で百二十四歳です。ふふっ、悠人様……悠人さんから見たら、おばあちゃんですよね」

「百二十四！」

それは、おばあちゃんですらなく、ひいおばあちゃんかひいひいおばあちゃんくらいだろう。

「エルフの中では、まだ若いほうだったのですよ。長老の中には四百歳、五百歳という方もいましたから。もっとも、生き証人がいないほど長生きされている方は、何歳とでも言い張れるわけですが」

「す、すごい世界ですね」

と、言いかけて気づく。

「あの、さっきから『この世界』とか『地球』とか言ってますよね？　ということは、はるかさんは……」

「ええ。お察しの通り、別の世界からやってきました」

と、当たり前のように言うはるかさん。

俺と芹香はおもわず顔を見合わせた。

「別の世界……というのは？」

「文字通り、こことは異なる世界のことです。その世界で、私はエルフの森で狩人をやっておりました。もとは長老の一人の娘なのですが、その、人間の男性と恋に落ちまして」

頬を手で押さえ、恥ずかしそうにはるかさんが言う。

「種族違いの恋ですか！　素敵です！」

と、芹香が食いついた。

「ふふっ。そうだったらよかったのですが。人間と番いになったことで、私はエルフたちにはよく思われなくなってしまいました」

ありがちだな、と思ったが、もちろん口にはしなかった。

「まさか、里から追放とか？」

「いえ、そこまでは。ただ、村八分にされ、すみかは村の柵の外側にすること、と言われてしまいました」

「それは……」

「でも、悪くない生活でした。彼は探索者でしたし、私も狩人です。森に棲むモンスターを倒したり、ダンジョンに潜ったりして生計を立てていました。危険はありますが、好きな人と一緒にいられる、満ち足りた毎日だったのです」

と、夢見るように話すはるかさん。その相手のことを思い出してるんだろう、はるかさんの頬が緩み、目尻が下がる。幸せいっぱいの新婚さんみたいな表情だ。魅力的だが、ドキッとするよりは微笑ましい。昔のことのはずなのに、まるで今、目の前にその相手がいるかのようだ。

でも、じゃあ――なんでその人はここにいないのか?

はるかさんの顔がにわかに暗くなる。

「ところが――ある日、ダンジョンが崩壊しました」

「崩壊、ですか？　フラッドではなく？」

と、俺ではなく芹香が訊いた。

「氾濫は、なんらかの理由でダンジョンそのもののランクが上がり、高レベルのモンスターが増えることによって、それまでの手狭なダンジョンでは生活できなくなったモンスターが、ダンジョンの外に溢れ出すという現象です」

「それは、協会でも有力な仮説の一つです。ダンジョンのランクアップ後に、モンスターの増殖速度がダンジョン内空間の拡張速度を上回ってしまうことがあって、そのときにダンジョン内で生存空間を失ったモンスターが『外』に押し出されるのではないか、と」

「その通りです。ダンジョンが広くなるより先にモンスターのほうが増えてしまい、収まりきらなくなった分が、ポータルにかけられた神の力すら押し破って溢れ出る――それがダンジョンフラッドと呼ばれる現象です」

うなずきあうはるかさんと芹香に、

「外に出てくるモンスターはそのダンジョンの低階層のモンスターが中心なんだったよな」

と訊く俺。

「そうだけど、油断はできないよ。外に溢れたモンスターは、ダンジョン内と違って『編成』を無視できる。葛沢（くずさわ）南ダンジョンなら、スライムが数の制限なく群れて地上の人間を襲うことになるね」

俺の疑問に、芹香がそんな解説をしてくれる。

「弱いモンスターでも、一般人にとっては十分危険だもんな。探索者だって、モンスターに際限なく群れられたら手がつけられなくなる、か」

レベル一桁のスライムですら、一般人が倒すのは難しい。ステータスを得た直後の俺も危うく死にかけたくらいだからな。

「でも、地上に出たモンスターには、地上の兵器が効くから。自衛隊の対モンスター部隊が出動すれば……Aランクダンジョンのフラッドまでならなんとか押さえられるんじゃないかな」

「ああ、ダンジョン内のモンスターに地上の兵器が効かないってのはやっぱり本当だったんだ」

だからこそ、警察や自衛隊も、ダンジョンの内部を「制圧」することができないのだ。

じゃあ、通常の機動隊員や自衛官ではなく、ステータスを持った探索者の警察官・自衛官を養成すればいいのでは？　って疑問も湧くよな。

もちろん、警察も自衛隊も組織内で探索者を育ててはいる。でも、優秀な人材ほど独立してフリーの探索者になったほうが儲かるからな。人材の確保が難しいらしい。

とはいえ、フリーの探索者にはできないこともある。それこそ、フラッドでモンスターが大量に溢れ出したときの対応とかな。

「パーティ単位での戦いに慣れた探索者より、集団戦の訓練を積んだ自衛隊のほうがフラッドには向いてるってことか」

「うん。まあ、Aランクのフラッドを自衛隊が攻撃したばあい、周辺への被害も大きいけどね」

「Sランクダンジョンのフラッドは？」

「自衛隊の通常兵器だと荷が重くなってくるね。そりゃ、戦術核でも使えば倒せるだろうけど」

「狭い日本でそんなもんは使えないよな」

「だから、Sランクダンジョンのフラッド対策には、探索者協会認定Sランク以上の探索者か、国内レベルランキング上位の高レベル探索者、国所属の高レベル探索者なんかが駆り出されるってわけ」

「芹香はどうなんだ？」

と訊いてみると、

「あはは……全部、該当してるんだよね」

頬をかきながら、芹香が言った。

「全部ぅ⁉」

と驚く俺に、

「……悠人さん、もしかして知らないんですか？」

意外そうに、ほのかちゃんが訊いてくる。

「何を？」

「朱野城（あけのじょう）芹香といったら、探索者協会認定Sランク探索者にして、国内レベルランキング17位、協会の監察員の他に、警察の特殊部隊の特別隊員でもある、国内きっての若手探索者ですよ？　金や地位のためでなく、人を救うために戦う聖騎士としても有名です」

「……えっ、おまえそんなすごかったの？」

いや、すごいんだろうとは思ってたが、俺の予想を軽々と超えていた。

「あー、うん、まあ。人が言ってることだけどね」

と、芹香は妙に歯切れが悪い。

っていうか、なんでこれまで隠してたんだ？　そりゃ、俺が聞かなかったのも確かだけど。

そんな俺の疑問に気づいたのか、芹香は俺の様子をうかがいながら、

「その、ね。怒らないでほしいんだけど」

「なんだ？」

「……怖かったの」

「なにが？」

「せっかく悠人が探索者になってくれる気になったのに、すぐそばにSランクの私がいたら萎縮しちゃうんじゃないかって」

「ああ……」

たしかに、最初の段階で聞かされていたら、どうしても引け目を感じてしまっただろうな。

こちとら、ひきこもり生活で自信や自尊心といったものが底辺まで落ちてるんだ。自分が無為に過ごした数年のあいだに幼なじみが国内トップレベルの探索者になってたと知ったら、やっぱりショックを受けたろうな。

そんなふうに気を遣われてしまったことは、正直言ってちょっと悔しいし、情けない。

でも、ひきこもりからようやく立ち直ろうとしてた俺に対しては、たぶん適切な配慮だったんだろう。

「ごめん、ね。悠人を傷つけようとしたんじゃなくて……」

「わかってる。ありがとう。それから、すまない。ずっと心配をかけてしまって」

「ううん⁉　いいんだよ！　悠人はずっとどんなことにも立ち向かってきたのに、それが認められないのが、私は悔しくて……。私がここまでなれたのも、悠人がいてくれたおかげだし」

「いや、それは無理筋だろ。俺はなにもしてないよ」

「そんなことない！　……んだけど、今言っても信じてもらえないかも。いつか、聞いてね」

「芹香が聞いてくれと言うなら、いつでも聞くよ」

「ゆ、悠人……」

わずかに潤んだ目を向けてくる芹香に、俺は気まずく目をそらす。

その先に、二人がいた。

「そ、そのう、悠人さん、芹香さん？　ここにはお二人以外にも見ているものがいるんですけど」

「あらあら。初々しくてうらやましいわね」

ほのかちゃんとはるかさんにからかわれ、俺と芹香は真っ赤になった。

†

「そ、それより、ダンジョンの話でしたよね？　たしか、はるかさんのいた世界でダンジョンが『崩壊』したとか」

芹香が赤い顔のまま話を元に戻そうとする。はるかさんも真顔に戻って、

「そうでした。崩壊は、氾濫（フラッド）とは似て非なる現象です。ダンジョンが極限まで成長し切った結果、その『重さ』が極大となり、世界そのものに『穴』を開けてしまうのです」

「世界に、穴を？」

いきなりそんなことを言われてもピンとこないよな。

「そうですね。三次元の空間から次元を一つ落として、二次元の世界を想像してみてください。三

次元の世界から厚みをなくして、無理やり平面に落とし込んだ感じです」

「……ええと？」

「とても大きなゴムの膜を、ピンと張っているところをイメージできますか？　世界をぺしゃんこにして、そのゴム膜に圧縮してしまうのです」

「それならなんとか」

「その膜の上に、砂粒のようなものがたくさん散っています。この砂の一粒一粒が、人間の魂だと思ってください」

「……はい」

「ゴムの膜には弾力があり、砂粒にはわずかながら重力があります。そのため、時間と共に膜はたわみ、その斜面を砂粒が転がっていくことになります」

「でしょうね」

「とはいえ、膜の大きさに比べて砂粒ひとつひとつの重さはわずかなものです。たわむといってもごくわずかな凹凸（おうとつ）を描くにすぎません。その凹凸に沿って、無数の砂粒がランダムに動くということです」

「わかると思います」

「粒と粒が、適度に距離をとりながら関わっている、この状態が人間社会です。ですが、粒と粒が激しくぶつかることもときにはあります。その結果、片方が、あるいは双方がひしゃげてしまうこともあるでしょう」

俺がひきこもりになったように、かな。

「ひしゃげたということは、大きなエネルギーが加えられたということです。ひしゃげた魂は、大きな力をその内に溜め込んでいるのです」

「世の中を怨んでいたり、ということですか？」

「はい。物質とは異なり、魂は生きています。たとえひしゃげたとしてもその内部からは常にエネルギーが溢れ出しています。しかし、外形がひしゃげてしまったことで、そのエネルギーを放出することができなくなります」

「……生きていれば怨みが膨らんでいくってわけですね。その怨みが暴発しないのは、周囲に押し潰されてるからですか」

「ええ。放出されないエネルギーがひしゃげた魂の内部に押し込められているわけです。その内圧が高まると、エネルギーが一種の重さを持つようになります。魂がその重力を増すということです」

「重力……さっきの喩えでいうなら、ゴム膜がさらに下へと引っ張られるってことですか？」

「その通りです。ひしゃげた魂を中心に漏斗状に窪んだ膜は、周囲にある魂を呑み込んでいきます」

「ひょっとして、それが……？」

「はい。ひしゃげた魂の造り出す蟻地獄。それが、ダンジョンと呼ばれるものの正体です」

「……にわかには信じがたい話ですね」

と、芹香。

「そうですね。証拠を示すことはできませんので、エルフの研究ではそのような結論になった、と思っていただければ」

「大丈夫です。続きをお願いします」

「ダンジョンには探索者が潜ります。残念ながら、その中には命を落とすものも多いでしょう。ダンジョン内で死した探索者の魂は、ダンジョンに取り込まれ、ダンジョンの『重力』をさらに増します。これが一定程度蓄積すると、ダンジョンがランクアップし、それに伴ってフラッドが起こるというわけです」

「そんな仕組みだったのか……」

と、俺は感心し、

「それでは、ダンジョンの『崩壊』というのは？」

芹香がさらに掘り下げる。

「『重力』というのはあくまでも比喩(ひゆ)です。しかし実際、こちらの世界の宇宙科学における重力と、とてもよく似た性質を持っています。こちらの世界では、ブラックホールというものが知られていますね？」

「光すらも逃れられない、極大の重力を持った天体だよな」

宇宙に詳しいわけじゃないが、男の子にとってブラックホールはロマンだからな。そのくらいの予備知識はなんとかある。

「それと同じことが、ダンジョンにも起こるのです。あまりにも多くの魂を呑み込んだダンジョンは、『重力』が極大化します。そうなると、もはやランクアップなどという生やさしい話ではなくなります。ダンジョンのランクは短期間で猛烈なインフレを起こし、Sランク、SSランク、SSSランク、S4ランク……はては一万、一億、一京といった天文学的なランクにまで到達するのです」

「「なっ……」」

俺と芹香は絶句した。

現在確認されているダンジョンのランクは、SからCの四つだ（探索者協会が認定するDランクは除く）。そのSの上にも、SS、SSS、はてはその上の上が再現なく存在するというのだ。

「そうなってはもはや、ダンジョンは通常イメージする『ダンジョン』とは似ても似つかない姿になってきます。外側から内部の状況を推し測るのはもう不可能。どんな高ランク探索者であっても、一度入ったが最後二度と出てくることはかないません。それどころか、ダンジョンは外界を蝕み、おのれの一部へと造り変えてしまいます。人の魂を際限なく吸い込み、重力を増し――ついにダンジョンは、世界そのものにも『穴』を開けてしまいます。……私とあの人は、その穴に落ちました」

「落ちて……無事で済んだんですか？」

「普通なら無理でしょうね。でも……あの人が生かしてくれたんです。私を守るという想いが強い『重力』となり、私を守るためだけの小さなダンジョンを生み出したのです。私はあの人のダンジョンに守られて穴を潜り抜け――気づけば、この世界のダンジョンの中にいました」

「「…………」」

あまりに壮絶な話に、俺と芹香は言葉をなくす。

「私のお腹の中には、そのとき既に新たな命が宿っていました。それが……」

「ほのかちゃんなんですね」

「その通りです」

　はるかさんがうなずく。

「私にとって、ほのかはあの人の大切な忘れ形見。それを失うくらいなら、私の命などどうなっても構いません。悠人さん、芹香さん。あなたはほのかとともに、私の魂をも救ってくださったのです。本当にありがとうございます」

　改めて頭を下げるはるかさんに、俺と芹香は言葉を失った。

†

「どうぞ」

　とほのかちゃんが俺と芹香にお茶を出す。今度は抹茶ではなく普通の緑茶だ。これもおいしい。

　鉄瓶のお湯で淹れてるからか、茶葉がいいのか。それとも両方か。

「そういえば、はるかというのはこちらでの偽名なんですか？」

　重い空気を払おうと、気になってたことを聞いてみる。

「そういう面もありますが、私の元の名前もハルカフィア。愛称のようなものですね」

「なるほど」

俺がうなずいていると、

「はるかさん。私たちは、はるかさんがご病気で、エリクサーが必要だと聞いてやってきました」

と、芹香が今日の本題を投げかける。

「娘よりうかがっております。本当に有り難いお話ですが……よろしいのですか？　私には恩を返せるようなあてなどないのですが」

「私にとっては、貴重ではあってもたまになら手に入るものにすぎません。ご病気というのは？」

「こちらの世界は、元の世界より魔力が薄いのです。これまではダンジョンに潜るなどしてなんとかやりくりしてきましたが……長年の無理が祟ったのでしょうか、魔力を維持するのが難しくなってきました」

「探索者をされていたんですか？」

「はい。向こうでも夫と一緒にダンジョンに潜ることはありましたから。それに、ダンジョン内は外より魔力が濃いですから、魔力を蓄えるには都合がいいのです」

「……たしかに、ダンジョン内ではＭＰが自然回復するよな」

ダンジョンの外でＭＰの回復量を計ったことはなかったが、感覚的にはダンジョン内より遅い気がする。

「ですが、ダンジョンの魔力には問題もあります。モンスターのせいでダンジョン内の魔力は穢れていて、取り込むには浄化する必要があるのです」

「えっ、そうなんですか？」

「理由は分かりませんが、この世界の探索者なら大丈夫なようです。ただ、エルフはとくに自然の中にある清浄な魔力を必要としますので……」

「ああ、それで、この神社にいるんですか？」

「ええ。神主さんと住職さんのご厚意で住まわせてもらっています。お二方とも元探索者で、こちらに来て間もない頃からの知り合いなのです」

「神主さんと住職さんが両方いるのか」

「この神社は神仏習合の修験道の一派が開山したものなのだそうです。古い縁（ゆかり）のある霊場で、この世界の中では魔力に富んだ土地なのです」

　俺の関係ない疑問に、はるかさんが丁寧に答えてくれる。

「エリクサーで根治するんですか？」

　と芹香が訊く。

「わかりません。当面の症状はよくなるはずですが、完全に治ることはないでしょう。エルフの体質とこの世界の相性の問題ですから」

「そ、そんな！」

　とほのかちゃんが叫ぶ。

「エルフの体質的な問題だとしたら、ほのかちゃんはどうなんですか？」

「さいわい、人間の血が半分混じっているおかげで、体調を崩すほどの影響はないようです」

「よかった」

と、芹香は自分のことのように胸を撫で下ろす。

「ただ、私が言うのも口はばったいですが、エルフは基本的に端正な顔立ちをしています。その上、人を魅了する独特の霊気を発しているのです。この世界の人はエルフの霊気に免疫がないようで、容姿を見られただけでも危険な目に遭わないとも限りません」

実際、その通りの事態になったわけだ。

「年齢的にまだ早いかと思っていましたが、ほのかももうエルフの女性としての身の守り方を覚えなければなりませんね。私の認識が甘かったばかりに、ほのかを危険に晒してしまいました……」

そこで、はるかさんが俺を見る。その目には、思いつめたような光があった。

「悠人さん」

「はい？」

「悠人さんは、ほのかの生命と魂を救ってくださいました」

「まあ、結果的にですが」

「エルフの掟では、生命の恩は生命で、魂の恩は魂で返せ、と言われております」

「……いや、そんなに気負われても困るんですけど」

「見たところ、悠人さんにはエルフの霊気に耐性があるご様子。かといって、この子に魅力を感じないわけでもないでしょう？」

「そりゃ、綺麗だと思いますよ。この世のものじゃないくらいに」

話の進む方向がわからず、俺は率直なところを答えてしまった。

隣の芹香がギロリと俺を睨んでくる。

……いや、芹香だって、一般的にはかなりの美人だからな。昔っからモテてたろ。なぜか恋人を作る様子はなかったが。

「その、立ち入ったことをおうかがいしますが……悠人さんと芹香さんは将来を約束された仲なのでしょうか？」

はるかさんがいきなりそんなことを訊いてくる。

「し、将来って……私と悠人はまだそんな関係じゃ……！」

「――全然そういう関係じゃないですよ。家が近くて幼なじみってだけで」

妙な誤解を生まないようきっぱりと答える俺。何かと甘えてしまってるが、そのせいで俺なんかと誤解されるんじゃ気の毒だからな。

「そ、そう……よね」

微妙そうな顔でうなずく芹香。

わかるぜ、俺と誤解されるのは困るけど、本人の前ではっきりと言うのは気が引けるってことだよな。女心には疎い俺だが、幼なじみの心情くらいは察せられる。

俺の言葉に、はるかさんはにっこり微笑んで、

「そうなのですか。よかった。もし恋人同士でしたらどうしようかと思いました」

「お、お母様……？」

はるかさんの発言に首を傾げるほのかちゃん。首を傾げたいのは俺も同じだ。

はるかさんは満足そうにうなずくと、とんでもないことを言い出した。

「もし悠人さんさえよろしければ――ほのかを、あなたに嫁がせてはいただけませんか？」

はるかさんの言葉に、囲炉裏端の空気が凍りつく。

――嫁ぐ。

嫁に行く。女性が結婚して男性の家に入ること。

いきなり飛び出した発言に、俺はおもわず脳内で辞書的な定義を確認してしまった。

「ち、ちょっと、お母様⁉」

身を乗り出して言うほのかちゃんに、

「エルフにとっては、それだけのことをしていただいたのです。お会いして、不埒（ふらち）な方でないこともわかりましたし」

「それは、そうですけど……」

と、ほのかちゃんが座り直す。顔を伏せ、頬を赤くして俺をちらちらとうかがってくる。

「……いやいや。待ってくださいよ。俺はそんな目的でほのかちゃんを助けたわけじゃないですよ」

不良にからまれてる女の子を助けて仲良くなる――そんな都合のいい話を俺は信じない。危ないところを助けてもらえば、そりゃ、感謝はするだろう。でも、その男がそれをきっかけに恩人以上の関係を求めてきたら？　なまじ恩があるだけに、女の子は対処に困るはずだ。窮地から助けてくれたからといって、そいつがパートナーとしてどうかってのは別の話だからな。

極端にいえば、クズにからまれたところを別種のクズに助けられたからって、後者のクズと付き合わなくちゃいけないのか？　って話だ。元ひきこもりの俺は世間的には優良物件とはいいがたいからな。年齢のことを抜きにしても、ほのかちゃんみたいな純粋な女の子に向いてるとはとてもじゃないが思えない。探索者として輝かしい経歴を持つ芹香にとってもそうだよな。

俺が探索者としていっぱしの存在になり、経済的にも不安がなくなって初めて、誰が好きだの誰と付き合うだの誰と結婚するだのを考える資格が手に入る。直近までひきこもりだった俺は、ありのままの自分をさらけ出して受け入れてもらえるなんて幻想は持ってない。

ほのかちゃんを助けたのは、結局、俺の気持ちの問題だ。目の前で人が傷つけられるのを放っておけないと思ったからそうしただけで、助けた相手に好かれるかどうかなんてどうでもよかった。殺しをリセットしてなかったことにしたのも、ほのかちゃんが傷つかないようにするためだ。俺はべつに、お姫様を嫁にしたくて盗賊退治をしたわけじゃない。

ここまでくっきり自分の気持ちを整理できたのは、皮肉にも、特殊条件稼ぎのためにリセット・リテイクをくりかえしたおかげだ。助けたいから、助けた。助ける中で特殊条件というメリットも享受してる。俺は、助けるという結果も、特殊条件のボーナスも得ることができた。つまり、俺はほしいものを手に入れるために自分の都合で動いただけなんだ。

俺は小さくかぶりを振って、

「ずっとお礼の話をしてますけど、俺は何もいりません」

「ほのかではお気に召しませんか？」

「そういう問題じゃないでしょう。彼女はまだ中学二年生なんです。いずれ好きな相手ができますよ」

「そうかもしれません。ですが、その方にほのかを守り抜くことができるでしょうか？」

「……なるほど？」

要するに、嫁にやるから守ってくれ、というわけか。はるかさんは病気で、旦那さんは亡くなってる。もし自分まで死んでしまったら……と心配になるのもわからなくはない。

にしたって、極端な話だと思うけどな。異世界ではこれが普通なんだろうか。

「知人としてできる範囲で守りますよ。それでは駄目なんですか？」

「知人としてと悠人さんはおっしゃってくださいますが、悠人さんはいざとなれば危険を冒してでもほのかを守ってくださる方だと思います。ですが、それでは悠人さんにメリットがありません。悠人さんの好意に甘え、縋っているだけです」

「それは……」

「――まあ、そうかもね」

とうなずいたのは、なんと芹香だ。

「えっ、ちょっ、芹香？」

芹香は俺を見ず、はるかさんをじっと見据えて口を開く。

「結婚云々はともかくとして、単に困ってるから、かわいそうだからってだけで、毎回悠人が危険を冒すのはどうかと思う。探索者に護衛を依頼するのなら、相応の対価を用意する必要がある。このままなし崩し的に悠人を便利な護衛扱いされたらたまったものじゃないわ」

「おい、芹香！」

俺は制止するが、芹香は険しい顔のまま首を左右に振った。

「なんだかんだ言って、悠人は優しすぎるんだよ。困った人がいたら放っておけない。『逃げるわけにはいかない』とかなんとか言って助けようとする」

「そ、それは……」

「自分は逃げてばかりだ、なんて嘯いてるけど、本当にどうしようもないほど追い詰められるまで逃げないのが悠人よ。探索者になっても同じやり方を続けるつもりなら……私が悠人の逃げ道を用意する。悠人が限界まで苦しめられるようなことにならないように、その前に、危険に繋がりそうな芽を私が摘む」

そう言って芹香が全身から放ったのは、紛れもない殺気だった。

「――はるかさん。貴女は、恩返しだのエルフの掟だのを口実に、悠人を利用しようとしてるんですか？」

「ひ、ひう……」

と、隣にいたほのかちゃんが縮こまるが、はるかさんはそれを真っ向から受け止めた。

だが、はるかさんの顔も青白い。直接殺気を向けられたわけではない俺ですら冷や汗をかくほどだ。……これが、国内レベルランキング17位の聖騎士か。

「失礼は承知の上です。ですが、私たちにお返しできるものなど、もうそのくらいしか残っていないのです」

なおも食い下がるはるかさんに、

「じゃあ、貴女は？」

「私、ですか？」

「貴女も十分以上に魅力的な女性よね。なんなら、ほのかちゃんとセットで悠人の愛人にでもなってみる？　悠人やほのかちゃんの未来を勝手に決めておいて、自分は知らぬ存ぜぬ、恋愛結婚したかつての夫のことが忘れられません……なんて言うつもりじゃないでしょうね？」

抜き身の剣のような眼差しが、はるかさんを射る。

「お、おい、芹香！　言ってることがめちゃくちゃだ！」

止めようとする俺に、芹香は再び首を振る。

「はるかさんが悠人に望んでるのは、そのくらい無理なことなんだよ。たしかに、はるかさんたちの事情には同情する。エリクサーで病気が軽快するならあげてもいい。でも、悠人を利用しようとするのは許さない」

芹香はきっぱりと言った。

愛人うんぬんに関しては、本気で言ったわけじゃないだろう。ほのかちゃんを取り引きの材料のように扱ったことに反発を覚えたんじゃないか？　自分の身を差し出す覚悟もないのに、娘の身を差し出すのかと。幼い頃から親子関係で苦労してきただけに、芹香はこういうことには敏感だ。

あるいは、非常識な要求を突きつければ、はるかさんも引き下がると思ったのかもな。

だが、

「……では」

と、はるかさんは覚悟を決めた顔を俺に向ける。

「私が悠人さんの妾になれば、ほのかを大事にしていただけますか？」

「お、お母様!?」

「えっ、ちょっと、本気!?」

ほのかちゃんが驚き、芹香が慌てた。

「ふふっ。あちらの世界では、人間の権力者は、国を傾けてでもエルフの母娘をまとめて妾にしたがるものでした。悠人さんにとっても十分な報酬になるのではありませんか？」

「……どうしてそこまでするんです？」

「あの人が繋いでくれた生命なんです。決して失うわけにはいきません。私に価値があるというのなら、悪くない取引です。悠人さんは、とてもお優しい男性のようですし、ね」

くすりと笑われ、さすがにたじろいでしまう俺。

……ていうか、なんでいきなり修羅場みたいになってんだよ。

俺はほのかちゃんのことを保護すべき対象だと思ってるが、そういう相手とは思ってない。助けた以上、放っておくのは寝覚めが悪いというだけだ。

はるかさんは……そりゃ、魅力的だとは思うさ。

でも、夫を強く想うはるかさんを、そんな取引で思い通りにしたいとは思わない。

「はるかさん」

「なんでしょうか」

「はるかさんは、ほのかちゃんがお腹にいる状態でこっちの世界にやってきた。ということは、もう十五年くらいはこっちにいる。向こうの世界の、それもエルフの常識が通じないことはわかってますよね？」

「はい。ですが、私は守りたいのです。私とあの人の持っていたもの、生きてきた現実、そして、この子のことを」

「そのためには、ほのかちゃんを俺の嫁にして筋を通す必要がある、と？」

「その通りです」

「じゃあ、ほのかちゃんの気持ちはどうなるんです？　いくら助けられたとはいえ、知り合ったばかりのひと回り近く年上の男と──」

「ゆ、悠人さん。私は、その……い、いいですよ」

と、俺のセリフをほのかちゃんが遮った。

「へっ？」

「で、ですから。悠人さんなら、いいかな、と」

白い頬を真っ赤に染めて、ほのかちゃんが上目遣いに言ってくる。

「……マジで？」

「お母様と一緒に、というのは正直抵抗がありますが、お、お望みとあらば……」

「私も、亡き夫のことを想ってはおりますが、十五年も経つと、想いの質も変わってきます。夫も、私が操を立ててずっと一人でいることを望みはしないでしょう」

「で、でも、はるかさんの気持ちは……」

「夫とは、もともと話していたんです。人間とエルフとでは、もとより寿命が違いすぎます。夫は言いました。自分が歳老い、死んだあとは、新たな幸せを見つけてほしい、と」

う、うーん。逃げ道を片っ端から塞がれるな。

そもそも、魅力的すぎる提案なのだ。

本人たちがいいと言うならいいんじゃないか、という気持ちも湧いてくる。

「ち、ちょっと、悠人！　なに揺らいでるのよ！」

「い、いや、だってなぁ」

「不潔よ不潔！　そんな条件で護衛を引き受けるなんて！」

「まだ引き受けるなんて言ってないだろ」

とても欲望をくすぐる申し出ではあるのだが、かなりの毒杯でもあると思う。

はるかさんはエルフだ。絶世の美女で不老長寿というだけでも目をつけられるには十分だが、加えて異世界由来のダンジョンの知識まで持っている。

秘密が漏れれば、どこの誰から狙われないとも限らない。他の探索者はもちろん、国の機関や外国のスパイ。そうした連中の干渉を常時跳ね返していく労力は、彼女たちを自分のものにできるメリットを余裕で超えてるんじゃないだろうか。

……と、冷静そうに分析してみたが、俺の感想を一言で言うなら「怖い」だ。

なんせ、こっちはほんの数日前までひきこもりだったのだ。いきなり嫁を二人も迎えて、その人生を背負っていく覚悟なんてできるはずもない。

それに……嫁ね。

俺はつい、ちらりと隣にいる付き合いのいい幼なじみの様子をうかがってしまう。隣にいてしっくりくる異性というと、俺にはこいつしか浮かばない。まあ、芹香ほど魅力的な大人の女性が、幼なじみとはいえ元ひきこもりの俺なんかを相手にするとは思えないのだが。

もしほのかちゃんやはるかさんが嫁になったら、二人は俺のことを全肯定してくれそうだよな。

「さすがです」「すごいです」と俺のやることなすことを肯定してくれて、俺の言うことに神のお告げのように従ってくれる。それを気持ちいいと思う向きもあるだろうけど……どこまでも果てしなく堕落してしまいそうで怖いんだよな。

……うん、やっぱりこの話はなしだ。

エルフ母娘のダブル嫁。

あとで死ぬほど後悔しそうな気もするけど、ここは「逃げ」の一手だろう。

「はるかさんは探索者としても優秀なんでしょう？　体調さえよくなれば、エリクサー代くらい返せるはずです。身体の回復に専念してくださいよ」

と、まずはるかさんに言ってから、

「ほのかちゃんを助けたのは、俺が勝手にやったこと。ほのかちゃんはまだ未成年なんだ。助けられたことを重く受け止める必要はないんだよ」

ほのかちゃんにも釘を刺しておく。

俺は小さく息をついてから、

「俺も男ですからね。はるかさんみたいな女性からそこまで言われて、悪い気はしませんよ。でも、貸し借りの感覚で愛人になるみたいなのはなしです。もし、万が一、ありえないと思いますが、一時の気の迷いとかよろめきとかで、うっかり本気で俺のことを好きになってしまうようなことがあったりしたら、そのときにまた言ってください。まあ、ないと思いますが」

「そ、そこまで予防線張らなくてもいいと思うんだけど」

と芹香が苦笑する。

その唇のあたりがむずむずしてるのは……なんだよ？　そんな噴き出すようなセリフだったか？

はるかさんは俺の言葉に目を細め、

「ふふっ。本当によいお方に巡り合えましたね、ほのか」

「はい。悠人さんはすばらしい方です。……鈍感なのが玉に瑕ですけど」

最後にほのかちゃんがぼそっと言ったことも聞こえたけど……そんなに俺って鈍感か？　元ひきこもりが最大限みんなの気持ちを汲もうと思った結果がその評価ってのはちょっと傷つくよな。

やっぱり、人間関係って難しい。

†

その後、はるかさんは具合が優れないとのことで下がり、俺、芹香、ほのかちゃんの三人で昼食をとることになった。

この天狗峯神社はちょっとした観光地にもなっている。テレビや雑誌でパワースポットとして紹介され、スピリチュアル好きの人たちが訪れるらしい。

実際、霧の立ち込める深山（みやま）の神社は、霊感なんてない俺にも十分神秘的に思える空間だ。境内には昔は修験者の宿坊だったという宿泊施設もあり、いま俺たちがいるのはその食堂だ。

「しまったなぁ。やっぱり、はるかさんの具合が悪くなったのって私のせいだよね？　私ったら、病気だって知ってたのについかっとなってあんなことを……」

芹香がお膳を食べながらそうこぼす。

芹香が気にしてるのは、俺を利用するなとはるかさんに詰め寄った件だな。

あれはたしかに怖かった。ギガントロックゴーレムなんかよりよほど威圧感があったからな。

「そんなことはないと思いますよ。お母様はきっと、お客様が見えてはりきりすぎてしまったのではないかと……。お母様は人をもてなすのがお好きなんです」

と、フォローするほのかちゃん。

ちなみに、本来の用件だったエリクサーについては、『エリクサーは先に渡し、代金は工面が出来次第無理のないペースで支払う。支払者の誠意を信用し、支払いの期限はとくに設けない』という内容の書面を用意することになった。

この書面は、法的に有効な契約書というだけでなく、はるかさんが「精霊契約」のスキルをかける予定だ。

法的にいえば、期限を切らないのは甘く見えるかもしれないな。

でも、「精霊契約」の場合、「返済者の誠意を信用」するという部分は飾りじゃない。

もしこれに反することがあったら、十分な弁済を行うまで精霊からの信用をも失ってしまう。

「精霊魔法」のような精霊の力を借りるスキルが使えなくなるのはもちろんのこと、エルフにとっては精霊の信用を失うこと自体が大変不面目なことでもあるらしい。この契約を結んだ以上、エルフであることに誇りを持つはるかさんが約束をたがえることはない。

まあ、契約がなかったとしても、はるかさんなら大丈夫だろうと思うのだが。

もっとも、芹香はエリクサーをただであげるつもりでいたし、俺はあとでエリクサーを入手して芹香に返そうと思っていた。契約なんてあってもなくてもよかったんだが、はるかさんが「とんでもない！」と言って、この形に落ち着いたというわけだ。

「それより……先ほどは申し訳ありませんでした。お母様がまさかあんなことを言い出すなんて……」

ほのかちゃんが言うのはもちろん、ほのかちゃんとはるかさんを母娘でまとめて俺の嫁に、という話のことだろう。

えらく強引だなとは思ったけど、はるかさんの立場を考えてみると、少しだけだが気持ちはわかる。見ず知らずの世界に転移して、周りには頼りにできる同族が一人もいない。しかも、自分は病気で満足に動けなくなってしまった。元は探索者をやってたそうだが、今は静養に専念してる。いや、そうせざるをえないんだ。経済的な蓄えも減ってく中で、娘が大人になるまで自分が健康でいられるか——生きていられるかどうかすらわからない。それなら、ほのかが懐いてるらしい俺と娶（めあわ）せて、後顧の憂いを無くしたい——そんな気持ちが、あの暴走気味の「母娘で嫁に」案になったんだろう。まあ、芹香が煽（あお）ったせいでもあるけどな。

「そこまで信用してもらえて光栄と思っておくよ」

肩をすくめて言う俺に、

「ふーん。エルフの美人に言い寄られてよかったね、悠人」

と、トゲのある口調で言ってくる芹香。

「ちゃんと断っただろ」

「そぉ？　微妙に含みを残した感じじゃない？　まずはお友達から始めましょう的な返事に聞こえたけど？」

「それは一般的には断り文句だろ。ああいや、ほのかちゃんが嫌とかそういうんじゃないけどな」

「ほら、そうやって希望を残す。ほのかちゃんやはるかさんに本気で迫られても同じことが言えるわけ？」

今日の芹香は、怒ったり喜んだりと忙（せわ）しない。

どっちかというと感情の起伏が穏やかなタイプのはずなんだけどな。

答えに窮した俺に、ほのかちゃんが再び頭を下げる。

「本当に失礼しました。悠人さんと芹香さんは、ご結婚やご婚約はされてないとはいえ、とてもお似合いの恋人同士なのに……」

「こ、恋人なんかじゃないわよ⁉」

芹香が、がたんと立ち上がる。

「えっ、違ったんですか？」

「ち、違う違う！　悠人はただの幼なじみだから！」

顔を真っ赤にして否定する芹香。

……いや、そうまで否定されると傷つくんだが。元々釣り合うとは思ってないけどな。

ほのかちゃんは、はるかさんの「将来を約束された仲なのか」という言葉を、夫婦か婚約者なのかって意味に取ってたんだな。ほのかちゃんから見れば、俺と芹香は立派な大人の男女だろうしな。

「本当ですか？　芹香さんの照れ隠しとかじゃなくて？」

と、なおも訊くほのかちゃんに、

「だ、誰が照れ隠しなのよ⁉」

「本当だって。正真正銘、ただの幼なじみだぞ」

「……そ、そうよ。ただの幼なじみなんだからね……」

しゅんとした顔で、芹香が椅子に腰を下ろす。立ち上がったり座ったり忙しいやつだな。観光客らしきご婦人がこっちを見て笑ってるぞ。

「ですが……それでしたら、芹香さんが悠人さんの結婚に反対なさる理由はなかったのでは？」

と、ほのかがしごくもっともな質問をする。

「そ、それは……そうだけど。そりゃ、私だって、悠人がちゃんとした恋愛の結果として、け、結婚するんだったら…………お、応援……する、わよ？」

「そうなんですね」

なにやら含みのある声音でほのかちゃんがうなずく。なぜか、「言質(げんち)は取ったぞ」という空気を感じるな。

「では、私やお母様が悠人さんの気持ちを勝ち取ることができた暁には、芹香さんは私たちの門出を祝福してくださるのですね？」

「ぐ、ううっ⁉　そ、それは……っ」

「お母様は常々おっしゃってるんです。『これという殿方を見つけたら、全力で吸い付いて離れるな』、と」

「はるかさん肉食系すぎんだろ！」

と、おもわずつっこむ俺。

「それはもう。ああ見えて、種族違いの恋に身を賭(と)した女性なのですから。恋に関しては溢れんばかりにアグレッシブです」

……そういえばそうだった。

「私という娘がいるせいで、これまでお母様は恋愛を楽しむ余裕もありませんでした。この世界ではエルフだとバレるわけにもいきませんし」

「よく誤魔化してこれたもんだよな」

「お母様には精霊の加護がありますから。普通の方にはこの世界の西洋人のように見えているはずです。今日はお二方にお会いするために、あえてその術を解いていました」

「ほのかちゃんはその術？っていうのは使えないの？」

と、芹香。

人間とのハーフであるほのかちゃんは、はるかさんのように耳が長かったりはしない。だが、エルフの母親譲りの美貌はトラブルの元になってしまってる。本人は何も悪くないんだけどな。

ほのかちゃんはしゅんと肩を落として、

「……残念ながら」

「そ、そう。ごめんね」

「いえ、私が未熟なせいですから」

少し気まずい空気になってしまい、しばらくのあいだ俺たちは食事に集中する。

「ああ、そうだ、ほのかちゃん」

と、俺が訊く。

「はい、なんでしょうか？」

「天狗峯神社にはダンジョンがあるよな？　潜るのに許可とかいるのか？」

ダンジョンが発生した土地は、多くの場合、国か探索者協会が買い上げる。ダンジョンは金の卵を産む鶏ではあるが、普通の地権者にその管理は難しい。そんなリスクを負うよりも、素直に手放してお金に換えたほうが安全だ。ダンジョンの発生した物件の買取額はときに周辺地価の数十倍にもなるらしいからな。

だが、Ｗｉｋｉで調べたところによると、「天狗峯神社ダンジョン」の権利者は天狗峯神社自身となっていた。この神社は境内に発生したダンジョンを売らずに所有してるということだ。

「いえ、特別な許可は必要ありません。台帳に記名すれば誰でも入れます。このあと潜られるんですか？」

「せっかくここまできたからな」

もともと、天狗峯神社ダンジョンは次に潜るダンジョンの候補のひとつだった。アクセスの悪さで最終的には候補から外したんだが、ダンジョンの内容だけなら他のＢランクダンジョンよりもむしろいい。通いで来るのは往復時間がもったいないと思ったけど、こんな宿泊施設があるならしばらく泊まりで攻略してもよさそうだ。神社に旅館ばりの宿泊施設（しかも温泉付き）があるとは思わなかったんだよ。

「でも悠人、天狗峯神社ダンジョンはＢランクだよ？　昨日までＣランクダンジョンに潜ってたのに、ランクを上げて大丈夫なの？」

「ああ、実力的には問題ないはずだ」

「うわっ、すごい自信。でも、昨日の戦いを見れば納得かな」

「芹香は潜らないのか？」

「うーん。私のレベルだとＢランクダンジョンに潜っても……って感じかなぁ。ヘルプが必要ならついてくよ？」

「いや、俺は基本ソロでしか潜らないから」

「ああ、そっか……あのスキルだね」

「そういうこと」

芹香は納得したようだが、俺は以前、急に強くなった理由を説明すると言ったのを思い出した。

「じゃあ、最初だけ一緒に来てくれるか？　今どんな感じで攻略してるか教えるから」

「えっ、いいの？」

「芹香ならいいだろ」

本来、探索者のステータスや攻略法はみだりに他人に話すものではない。

でも、芹香からすれば、つい先日までひきこもりだった幼なじみが無茶してないか、心配するのは当然だ。高レベル探索者である芹香から見て今の俺の戦い方がどうかを聞いてみるのも、今後の役に立つかもしれないしな。

「うへへ。そこまで言われたらしょうがないね」

と、嬉しそうに芹香が言う。

……それにしても「うへへ」はないと思うが。

ほのかちゃんはそんな芹香に恨めしげな目を向けてから、

「私にも戦う力があればお手伝いしたいのですが……」

「その気持ちだけで十分だよ。はるかさんについててあげてくれ」

エリクサーはもう渡してある。調子のいいときを見計らって少しずつ試すと言っていた。エリクサーに副作用なんてないと思うが、ほのかちゃんがそばにいるだけでもはるかさんにとっては安心だろう。

ほのかちゃんの学校の授業については、リモートで対応してもらえないか学校に相談すると言っていた。俺と芹香の母校であるあの保守的な中学がリモート授業か。時代の変化を感じるな。

というわけで、午後からはＢランクダンジョン「天狗峯神社ダンジョン」の攻略だ。

†

昼食を済ませた俺と芹香は、ほのかと別れて天狗峯神社の境内にあるダンジョンを目指す。

簡単な社(やしろ)の中に、黒い水鏡(みずかがみ)のようなポータルが浮いている。

俺と芹香は社に備え付けられた帳面に氏名を記し、さっそくダンジョンの中に転移した。

Ｂランクダンジョンだけあって、Ｃランクの水上公園ダンジョンより壁の色が濃くなってる。ただし、このダンジョンの壁は、石ではなく剝(む)き出しになった土である。

「悠人、気をつけてね。泥河童(どろがっぱ)は土の中を移動できるから」

「ああ」

Ｗｉｋｉでここに出現するモンスターは確認してる。

今のところ俺の「索敵」に引っかかる気配はないな。

しばらく進むと、ダンジョンの闇の奥にモンスターの気配を感じた。

「いるな」

「だね。っていうか、よくこの距離でわかったね」

「『索敵』のスキルがあるからな」

「『索敵』⁉　なんで駆け出し探索者がそんなレアスキルを持ってるの？」

「それは今から説明するよ。芹香はくれぐれも手を出さないでくれよ？」

「Dungeons Go Pro」でのパーティ編成を行ってないから、俺と芹香は現在パーティを組んでない状態だ。二つのソロパーティが一緒にいるだけ、と言ったほうが早いだろうか。

「うん、いいけど、危なかったらその限りじゃないよ？」

「いや、少々危なくても何もしないでくれ。一度だけならＨＰ１で踏ん張れるから」

「えっ、まさか『サバイブ』まで持ってるの⁉」

「よく知ってるな」

Ｗｉｋｉには載ってなかったスキルだが、芹香は知ってたらしい。

「私のギルドに持ってる人がいるからね。そこまで言うなら、助けを求められるまで手出しはしないよ」

「頼むよ。いろいろ制約が多くてな」

会話しながら、「索敵」でモンスターの位置を特定する。気配は……知らないものだな。「索敵」では、出会ったことのないモンスターの種類まではわからない。

俺は「隠密」を使って気配を消す。

「うわ、『隠密』まで……」

さすがに声を落として、芹香が驚く。

「じゃあ、見ててくれ」

俺は気配を消したままモンスターの群れに近づいていく。

群れは三体で、それぞれ別のモンスターらしい。未知のモンスターなので種類はわからないが、気配の違いで種類が違うということは判断できる。

近づいてから「鑑定」を使うと、

Status

鴉天狗

レベル　47

HP　626／626

MP　614／614

攻撃力　673

防御力　282

魔　力　617

精神力　470

敏　捷　567

幸　運　470

・生得スキル

剣技２　風魔法１　飛行（魔法）１

撃破時獲得経験値423

撃破時獲得SP13

撃破時獲得マナコイン（円換算）9870

ドロップアイテム　兵糧丸

鴉天狗のお面　天狗の団扇

Status
赤鬼
レベル　50
HP　950／950
MP　0／0
攻撃力　1150
防御力　950
魔　力　0
精神力　300
敏　捷　350
幸　運　450

・生得スキル
体術2　渾身の一撃1　凶暴化1

撃破時獲得経験値600
撃破時獲得SP14
撃破時獲得マナコイン（円換算）12500
ドロップアイテム　回復の丸薬　激怒の辛子　鬼の金棒

Status
泥河童
レベル　48
HP　432／432
MP　0／0
攻撃力　482
防御力　730
魔　力　338
精神力　586
敏　捷　192
幸　運　192

・生得スキル
液状化2　泥投げ1

撃破時獲得経験値432
撃破時獲得SP11
撃破時獲得マナコイン（円換算）9120
ドロップアイテム　回復の丸薬　金泥　ミスリル泥

羽の生えた、子どもくらいの背丈で脇差を持ってるのが鴉天狗（からすてんぐ）。

泥沼と化した地面から上半身を生やしてる河童が泥河童。

赤鬼は……名前のまんまだな。桃太郎の絵本から抜け出してきたようないかにもな鬼だ。

三体の情報は、Ｗｉｋｉに載ってた通りのものだ。

なら、考えてきた作戦がそのまま使えるな。

考えるべきことは、前と同じだ。

どの敵を稼ぎの標的にし、どの敵を残すか？

単純に獲得ＳＰだけを比較するなら、赤鬼の14がいちばん高い。だが、赤鬼はＨＰが高く、今の俺でも一撃必殺とはいかないだろう。人型だから「暗殺術」「致命クリティカル」のコンボが有効だが、成功率が数％では稼ぎには使えない。

残りのモンスターのうちどちらを残すかも問題だ。赤鬼を倒して鴉天狗を残したばあい、敏捷の高い鴉天狗に追いつかれ、「剣技」や「風魔法」の攻撃にさらされる。「剣技２」で底上げされた鴉天狗の攻撃力は、赤鬼ほどではないものの、決して侮っていいものじゃない。

泥河童は、ＳＰも三体中最低だし、敏捷も低いから、最後に残すのには最も適してる。ただ、「泥投げ」はまれに状態異常の「鈍足」を付与することがあるらしい。まあ、俺は敏捷の値が高いから、「鈍足」で移動速度が低下したところで、十メートル逃げる分には問題ないはずだ。逃げエリアの外へ向かってのダッシュでは、逃げ足の速さは関係がない。逃げ足がいくら速くても逃げタイマーが早く進むわけじゃないからな。敏捷回避が若干しにくくなる程度だろう。

ちなみに、タイマーに影響がないからといって故意に足を緩めると、逃げる気がないと認識されるのか、「逃げる」が成り立たなくなってしまう。足の速さに意味がなかろうと、全力で逃げる姿勢を見せ続けることが大事らしい。職場で、とくに忙しくはなくても、いかにも仕事やってる感を出しておくのが大事なのと似てるかもな。

というわけで、

「――サンダースピア！」

俺の放った雷撃の槍が、鴉天狗に突き刺さる。

倒すモンスターの選択肢は、赤鬼だけ、鴉天狗だけ、泥河童だけ、赤鬼＋鴉天狗、赤鬼＋泥河童、鴉天狗＋泥河童の六通り。泥河童は残すで確定とすると、赤鬼だけ、鴉天狗だけ、赤鬼＋鴉天狗の三択になる。残すと厄介な鴉天狗は倒し、タフで倒しにくい赤鬼は残したい。俺の出した答えは、鴉天狗だけを撃破し、赤鬼と泥河童を残すというものだ。

「先制攻撃」「先手必勝」「先陣の心得」に、「強撃魔法」と「古式詠唱」。おなじみの欲張りセットだけでも４・９６８倍の威力になっている。「奇襲」の効果で、敵の全能力値が10％ダウンするというおまけも付く。

おっと、手応えからして「魔法クリティカル」も発生したな。クリティカルには「天誅」の効果（諸々の格上相手にクリティカルのダメージが上昇する）が乗って、ダメージはさらに10％増だ。

鴉天狗は一撃で消し飛んだ。あとに残されたマナコインが俺のスマホへと吸い込まれる。

当然、残る二体のモンスターが俺に気づく。

「よし、行くぜ！」

と気合いを入れたが、もちろんモンスターに向かっていくわけじゃない。

モンスターに背を向けて――「逃げる」。

一瞬で十メートル先の逃げエリアに到達し、見えないバリアにぶつかった。

ここからは逃げタイマーとの戦いだ。

残り二十三秒。

泥河童は、地面を沼に変えながら滑るように。赤鬼は、腹に響く足音を立てながら脅すように。

二体のモンスターが俺に向かって迫ってくる。

残り十七秒。

泥河童の「泥投げ」。俺の膝がかくんと折れて、泥が俺の頭上を通過する。幸運回避だ。

残り十秒。

赤鬼がついに追いつき、手にした金棒（かなぼう）を振り下ろす。

「ぐあっ！」

当たった！　しかもクリティカルかよ！　衝撃によろめくが、「逃げる」体勢だけは崩さない。

「悠人っ！」

「まだだ！」

今にも飛び出してきそうな芹香を制止し、俺は「逃げる」を継続する。

赤鬼の二撃目が空を切った。幸運回避じゃない。赤鬼側の空振りだ。地面にクレーターを穿（うが）ったあたり、通常攻撃ではなく「渾身（こんしん）の一撃」のスキルだろう。

直後に飛んできた「泥投げ」は幸運回避。

赤鬼の三撃目も幸運回避だ。

残り五秒。
泥河童が俺の足元に近づき、泥の手で俺の足首を掴もうとする。つかまれば泥沼の中にひきずりこまれてしまうだろう。足が止まれば逃げタイマーがリセットされかねない。俺にとっては殴られるよりも嫌な「攻撃」だ。
「ちっ！」
俺はとっさに「逃げる」方向を斜めにずらした。３Ｄのゲームでよくあるよな。壁に向かって斜めに走ると、横にスライドするように滑ってく現象。今俺がやったのはまさにそれだ。
泥河童の手が空を切る。赤鬼の金棒も斜めに回避。見切ってかわした感覚があったから、これは「敏捷回避」に当たるんだろう。
……斜め逃げ、使えるな。
そんな発見をしているうちに、逃げタイマーの針が振り切れた。
俺は一瞬の暗転ののちに、少し離れた地点に現れる。
《「逃げる」に成功しました。》
《経験値を得られませんでした。》
《ＳＰを65獲得。》
《５２０９円を獲得。》
《「兵糧丸」を手に入れた！》

《２５９８円を落としてしまった！》

よし、成功だ。

鴉天狗とのレベル差は46。事前に計算した通り、獲得ＳＰはちゃんと5倍になっていた。

水上公園ダンジョンのときにレベル差20で獲得ＳＰが3倍になることは確かめていたが、補正の上限が3倍という可能性もなくはなかった。だがこの分だと、レベル差が10開くごとに倍率が1ずつ上がっていくと思ってよさそうだ。

俺は、口をあんぐり開いたままの芹香の元に戻ると、

「というわけだ」

「…………いや、というわけだ、じゃないんだけど⁉」

おっと、さすがに説明不足だったよな。俺は心持ちドヤ顔になって、

「『逃げる』を使うと経験値は手に入らないが、ＳＰは手に入るんだよ。だから、敵編成を全滅させずに残して『逃げ』て、レベルを上げずにＳＰだけ稼ぐことが可能なんだ」

「ちょっと待って。意味がわからないよ」

シワの寄った眉間を押さえて芹香が言う。

「……なんでレベルを上げないの？　見た感じじゃ、普通に戦っても勝てたよね？」

「獲得ＳＰには、敵とのレベル差でボーナスがつく。こちらのレベルが低ければ低いほど獲得ＳＰは多くなるんだ」

「それは知ってるけど……１・５倍とかだよね？　リスクに見合うとは思えないんだけど」

「レベル差が９までの場合にはそうだな。でも、レベル差が10以上になると獲得ＳＰは２倍になる。その後、10刻みで３倍、４倍……と増えてくらしい。今の鴉天狗はレベル差46で獲得ＳＰが５倍になった」

「そ、そんな仕組みになってたんだ。知らなかったよ」

「まあ、普通はレベルが20以上も高い敵とは戦わないだろうからな」

Ｗｉｋｉにもレベル差10以上で獲得ＳＰが２倍になるとまでしか書かれてなかった。芹香も「モンスターのレベルが上だと獲得ＳＰが１・５倍になる」みたいな大雑把な理解だったみたいだな。

「って、ちょっと待って！　あの『鴉天狗Ｌｖ47』とのレベル差が46ってことは……ゆうくんはまだレベル１なの⁉」

「そうだぞ」

驚きのあまり呼び方が「ゆうくん」になってるな。

「どうやってレベル１でＢランクダンジョンのモンスターを……！　って、そうか、ＳＰが稼げるなら当然、スキルがたくさんあるってことなんだね⁉」

「そうそう」

「スキルは取得ＳＰに応じて能力値にボーナスがつく……。悠人はそのボーナスだけで能力値を上げてるってこと⁉」

「正解だ。さすが芹香」

「な、なるほど……それは盲点だったな。悠人はレベル1のときの基本能力値に恵まれてなかったから、下手にレベルを上げるよりスキルを増やしたほうが強くなれるんだね。はー、すごい……。よくそんなことに気づいたね」

　と、芹香がしきりに感心してくれる。俺はちょっと照れくさくなって、

「芹香のおかげだよ」

「えっ、私の？」

「芹香が言ってくれたんだ。俺がこのスキルを授かったことには必ず意味があるって。その言葉があったから、『逃げる』に賭けてみようと思えたんだよ」

「悠人……」

　俺を見上げる芹香の目が潤んでいた。俺は咳払いをして、

「と、とにかく、今の俺はそれなりに強い。ただ、『逃げる』の特性のせいで探索はソロでやるしかない」

「そうだよね。パーティを組んで他の人が敵を全滅させちゃったら経験値が入っちゃう」

「俺が一体倒してから『逃げ』て、そのあとに残りのメンバーだけで全滅させたらどうなるか、とかはあるけどな」

　そのばあい、俺だけが「逃げ」た時点では、各種精算がされないという可能性もある。パーティ全体の戦闘が終わってからの精算だと、俺にも経験値が入ってしまうおそれがある。

　一度入った経験値はなくせないし、レベルを下げる手段もない。まちがってもレベルを上げてし

まわないように、俺は基本的にソロで行動したほうがいい。この秘密を明かせる相手なんて、それこそ芹香くらいだろうしな。

……それにしても、「全滅させちゃったら困る」とか「経験値が入ってしまうおそれがある」とか「まちがってもレベルを上げてしまわないように」とか、こんな気苦労をしてる探索者は俺だけなんじゃないか？

「はあ……これは納得するしかないね。戦いぶりにも余裕があったし。このダンジョンならソロでも大丈夫だと思うよ」

「そうなのか？　他の探索者の戦いを見たことがなくてな」

「ふつう、モンスターを魔法で一撃確殺なんて、よほど格下相手じゃないとできないんだよ……。悠人は自分が規格外だってことを認識したほうがいいよ？」

「そんなもんか」

俺も最初に雑木林ダンジョンでスライムと戦ったときには、魔法を五発も撃ち込んでようやくのことで倒してる。そう考えると、スキルのシナジーを生かした俺の魔法はけっこうありえない火力を出してるのかもな。

「ちなみに、このダンジョンを攻略する普通の探索者パーティってどんな感じなんだ？」

「このダンジョンには詳しくないから、一般的なBランクダンジョンの話をするね？」

「頼む」

「Bランクダンジョンになると、出現モンスターのスキルも強力になってくるから、Cランクダンジョンのときよりもレベルに余裕を見るべきだ、というのが協会の公式見解だね。具体的には、『パーティ構成員のレベルは、そのダンジョンの入口に出現するモンスターより最低でも10以上高い水準を確保すること』」

「10以上？　モンスターのレベルが10以上低かったら、獲得ＳＰが０にならないか？」

モンスターのレベルが探索者のレベルより１～９低い場合には、獲得ＳＰが１／２になる。10以下になると０――つまり、ＳＰがもらえない。レベル１の俺には検証のしようがないが、すくなくともＷｉｋｉにはそうあった。

「たしかにそうだけど、パーティの安全度、モンスターの殲滅速度なんかを考えると、経験値を効率よく稼ぐにはそのくらいのレベル差がちょうどいいことになるんだって」

「ああ、なるほど。ＳＰの稼ぎ効率は考慮してないわけか」

「スキルがそんなにたくさんあっても全部は使えないからね。メインとなるスキルを見つけたら、中途半端なスキルはとらずにＳＰをそのスキルに集中投下するのが基本だよ」

「じゃあ、Ｂランク以上のダンジョンを攻略してる連中は、ＳＰがろくに稼げないってことなのか」

「レベルを上げるのが優先だね。能力値が上がればその分スキルの効果も上がるから。レベルランキングををモチベにしてる人はかなり多いみたいだし」

「そういう発想か。となると、俺はなおさらパーティを組めないな」

「そうだね………はぁ。悠人が探索者になったら一緒に探索できると思ったのになぁ……」

「俺と探索してもつまらないと思うぞ。なにせ逃げてばっかだからな」

そもそも「逃げる」の効果がパーティメンバーにまで波及するかも不明だ。波及したとしても、レベル１の俺には獲得ＳＰにボーナスがつくが、レベルが高いらしい芹香にはそれも見込めない。ボス以外のモンスターとの戦いでは経験値も０、ＳＰも０。パーティを組むメリットがない。

「そういうことじゃなくて……もう！　悠人はもうちょっと自分に自信を持つべきだと思うよ？……まあ、だからこれまでは安心してられたんだけど。まさか今になってあんな強敵が現れるなんて……はああ」

「……ん？　なんでため息ついてるんだ？」

「なんでもないっ！　悠人ってば、都合の悪いことは聞こえなくなるような変なスキルでも持ってるんじゃないの？」

「そんなスキルがあるならぜひほしいな」

そんなスキルがあれば、元ひきこもりの俺でも世の中を図太く渡っていけるかもしれない。

†

天狗峯神社ダンジョンは全七層。各層の広さは普通かやや狭い程度だという。中間地点の四層には地上に戻るポータルがあるらしい。

芹香と別れた俺は、まずは四層を目指して前に「逃げる」。

《「逃げる」に成功しました。》
《経験値を得られませんでした。》
《SPを65獲得。》
《9870円を獲得。》
《「兵糧丸」を手に入れた！》
《5231円を落としてしまった！》

二層まではさっきと同じだ。

鴉天狗を狩って、すぐ「逃げる」。

途中で気づいたんだが、モンスターの編成が鴉天狗・泥河童・赤鬼のときは、鴉天狗と泥河童の二体を倒し、赤鬼だけを残して「逃げ」たほうが安定する。赤鬼の攻撃機会が一回多くなるものの、泥河童の「泥投げ」や泥沼への引き込みは意外と対処が面倒だ。それくらいなら、攻撃力は高くても外れの多い赤鬼の攻撃をシンプルに避けたほうがミスがない。幸運も敏捷も高い俺には、赤鬼の攻撃はほとんど当たらないからな。斜め逃げも、攻撃が単調な赤鬼のほうがやりやすい。

では、さらに、鴉天狗と泥河童を倒した上で赤鬼を「ノックアウト」で動けなくしてから「逃げる」のはどうか？

もちろん、安全度という意味では申し分のないやり方だ。ただ、「ノックアウト」は意識してオンオフを切り替える必要がある。思考停止でやってるとうっかりオフのまま赤鬼を倒してしまいそうで怖いんだよな。万が一にもポカをやって敵を全滅させてしまったら、これまでの苦労が水の泡だ。そこで、多少の被弾は覚悟の上で、ヒューマンエラーの少なそうな方法をとったというわけだ。

ヒューマンエラーということでは、別の問題も浮上してきた。

ダンジョン内の罠のことだ。Cランクまでのダンジョンに罠はない。だが、Bランクダンジョンからは罠が出る。今のところ高い敏捷と幸運にものを言わせて回避してるが、どこかで避け損なう可能性は低くない。ソロで探索してる俺には、罠にかかったときに救出してくれる仲間もいない。

さいわい、狩りは順調すぎるほど順調だ。貯めたSPで罠対策のスキルを取ってしまおう。

Skill
罠発見1
仕掛けられた罠を発見する。S.Lvを上回るレベルの罠は発見できないことがある。

Skill
罠解除1
仕掛けられた罠を解除する。S.Lvを上回るレベルの罠は解除できないことがある。

見つけた罠に「鑑定」を使った結果では、天狗峯神社ダンジョンの罠はレベル1。スキルレベル1の「罠発見」で十分だろう。

「おっ、宝箱」

行き止まりに見つけた宝箱――これもＣランクダンジョンにはなかったものだ。「罠解除」してからドキドキで開くと、

「なんだ、『守りの指輪』か」

最初に開いた宝箱がまさかのダブりとは。俺は既にギガントロックゴーレムの落とした「守りの指輪」を装備してる。指輪は同時に一つしか付けられないから、俺には無用の長物だ。Ｃランクダンジョンのボスドロップが拾えたと思えば、十分当たりのはずなんだが。

「まあ、換金用アイテムが手に入ったと思っておくか」

三層にさしかかると、ちょっと事情が変わってきた。

敵の編成は鴉天狗・泥河童・赤鬼で変化はない。

だが、それぞれ若干レベルが上がっている。

強さ的には実感できるほどの差はないのだが（鴉天狗は一確、他の攻撃は全部避けてるので）、一体だけ、レベルの上昇に大きな意味のある奴がいる。

赤鬼だ。

三層に出現する赤鬼のレベルは52と、二層までの50から2上がった。

この2が重要なんだ。二層までの「赤鬼Ｌｖ50」は、俺とのレベル差が49だった。三層からの「赤鬼Ｌｖ52」は、それが51まで拡（ひろ）がってる。

俺とのレベル差が50を超えたってことは、赤鬼を撃破したときの獲得ＳＰの補正倍率が、これまでの5倍から6倍に上がるってことだ。そうなると、稼ぎの戦略が変わってくる。

「赤鬼はたしかにＨＰが高くて狩りにくいけど、ＳＰ６倍ならやるだけの価値がありそうだよな」

これまでの鴉天狗狩りでは、撃破時獲得ＳＰは13×５で一回当たりの稼ぎは65。二層までの「赤鬼Ｌｖ50」でも14×５で70と、数字だけなら鴉天狗よりも上ではあった。ただ、狩りやすさまで加味して時間効率を考えると、鴉天狗に軍配が上がってたんだよな。

しかし、同じ赤鬼でも、三層の「赤鬼Ｌｖ52」になると話がちがう。獲得ＳＰは14×６となって、一回当たりの稼ぎは84にまで跳ね上がる。ここまで数字が開くと多少硬くても赤鬼を狩りたくなるよな。

が、試しに戦ってみたところ、赤鬼を倒すには魔法が三発必要だった（「致命クリティカル」発生時を除く）。

「せめて二確にはしたいよな」

そのためにはどうするか？

もちろん、スキルを取ればいい。今回は新しいスキルを取るよりも、ボーナスで手に入れたレアスキルのレベルを上げたほうが早そうだ。

手持ちのＳＰと相談した結果、

「魔力強化」をレベル３に（ＳＰ１６００）

「強撃魔法」をレベル２に（ＳＰ１６００）

「古式詠唱」をレベル２に（ＳＰ１６００）

「ＭＰ回復速度アップ」をレベル２に（ＳＰ４００）

それぞれ上げることにした。

Status
蔵式悠人
レベル　1
HP　1607／1607
MP　1834／1834
攻撃力　634
防御力　457
魔　力　6285
精神力　4660
敏　捷　11949
幸　運　9365

・固有スキル
逃げる　S.Lv1

・取得スキル
【魔法】火魔法２　風魔法１　水魔法１　氷魔法１
雷魔法１
【特殊能力】忍術１　暗殺術１　毒噴射１
【戦闘補助】MP回復速度アップ２　強撃魔法２
古式詠唱２　高速詠唱１　魔法クリティカル１
致命クリティカル１　バックスタブ　思考加速１
回避アップ１　ノックアウト　自己再生１　分裂１
サバイブ　奇襲１　先制攻撃１　先手必勝１
先陣の心得１　追い払う　天誅１
【能力値強化】魔力強化３　HP強化２　防御力強化２
MP強化１　精神力強化１　敏捷強化１　幸運強化１
身体能力強化１
【耐性】麻痺耐性１　石化耐性１　睡眠耐性１　即死耐性１
混乱耐性１　沈黙耐性１
【探索補助】鑑定　簡易鑑定　偽装　アイテムボックス１
索敵１　隠密１　罠発見１　罠解除１

・装備
防毒のイヤリング
旅人のマント
守りの指輪

SP　901

「魔力強化」は能力値強化系スキルなので取得ＳＰ１６００の１・２倍＝１９２０ものボーナスが魔力に乗る。

「強撃魔法」は「消費ＭＰが（S.Lv×10）％増える代わりに魔法の威力が（S.Lv×15）％上がり、ノックバックが発生する」というスキル。スキルレベルが2になったことで効果が１・１倍から１・２倍に増加した。取得に使ったＳＰ分の能力値ボーナスももちろんある。取得に要したＳＰ１

600と同じ値が魔力に加算されるのは大きいよな。

「古式詠唱」は「特殊な呪文を唱えることで、（50－S.Lv×10）％詠唱時間が延びる代わりに魔法の威力が2倍になる」ものだから、スキルレベルを上げてもスキルの威力は変わらない。取得SP分の魔力へのボーナスと、稼ぎ効率の若干の向上を狙ったものだ。

「MP回復速度アップ」を上げたのは、「強撃魔法」のMP消費が増えたのを補うためだな。

赤鬼は火属性に耐性があり、水属性・氷属性にやや弱いとWikiにはあった。だから、「水魔法」「氷魔法」のレベルを上げる手もあったんだが、特定の属性を強化するよりも魔法全体の威力を上げたほうが他のモンスターにも応用が利く。

SPを使い切らなかったのは、罠のレベルが上がったときに備えて「罠発見」「罠解除」のレベルアップに必要なSP（400×2）を温存したから。

なお、水上公園ダンジョンのギガントロックゴーレムから入手した「守りの指輪」のおかげで、防御力が固定値で＋100されている。

「固定値でってのがありがたいんだよな」

装備の効果には、「逃げる」によるマイナス補正がかからない。「逃げる」は防御力にマイナス60％もの補正がかかる。その影響を受けずに防御力を上げてくれる装備は地味にうれしい。

防御力457という値は、基本能力値が10の探索者でいえばレベル45に相当する。このダンジョンのレベル帯からすれば、やや心許ない数値ではある。だが、俺のHPは1600を超えてるし、敏捷回避・幸運回避の発動率も異様に高い。その上、スライムのモンスタースキル「自己再生」まであるからな。防御力の低さは十分にカバーできるだろう。

　さて、細々した話が続いてしまったが、

「サンダースピア！」

　この魔法にかかってるスキルは、「強撃魔法２」「古式詠唱２」「先制攻撃１」「先手必勝１」「先陣の心得１」。おっと、赤鬼は人型だから、「暗殺術１」の効果で与ダメージとクリティカル率が（S.Lv×5）％上昇するな。

　願いましては、×1.2×2×1.2×1.2×1.5×1.05……事前にスマホで計算した結果だと５・４倍だ。それに加えて、スキル取得のボーナスでステータス上の魔力も約２・５倍に膨れ上がってる。

　さらに、「奇襲１」の効果で奇襲された敵の全能力値が10％ダウン。

「魔法クリティカル１」で発生したクリティカルヒットの威力が、「天誅１」の効果で１・１倍に増幅される。

　その結果、
　うぐがっ……⁉

　と、半端な悲鳴を残し、「赤鬼Ｌｖ52」は炭と化す。たぶん、クリティカルが乗らなくても一確だったな。そのあとはもちろん、残りのモンスターを残して「逃げる」だけだ。

《「逃げる」に成功しました。》

《経験値を得られませんでした。》

《SPを82獲得。》
《13000円を獲得。》
《「激怒の辛子」を手に入れた！》
《955円を落としてしまった！》

「よし。これで赤鬼も狩れるな」

赤鬼を中心に狩りながら前逃げでダンジョンを進むと、ほどなくして四層の奥へとたどり着く。

そこにあるのは二つのポータル。黒いほうが五層へのポータルで、白いほうは外への出口だ。このダンジョンは全七層。Ｗｉｋｉの情報通り中間地点に脱出用ポータルがあるんだな。

「どうするかな」

スマホで時間を確認すると、

「四時か。微妙な時間だな」

天狗峯神社からの帰りのバスは一時間に一本だけで、最終便は午後六時。その後ローカル線を乗り継いで帰ることまで考えると、今から七層を目指すのは無謀だろう。

「しかたない、帰るか」

もともと今日は様子見だけのつもりだったしな。赤鬼での稼ぎが成り立つことがわかっただけでも収穫だ。

俺は素直に白いほうのポータルに入って地上に出た。

04　天狗峯神社ダンジョン（後半）

翌日。俺は再び天狗峯神社にやってきた。

昨日はあのあと、神社の温泉で汗を流し、ほのかちゃんに顔を見せてからバスで下山、ローカル線経由で家に帰った。

家でＷｉｋｉと睨めっこしながらもう一度検討してみたが、やはり天狗峯神社ダンジョンの「赤鬼Ｌｖ52」以上に効率のいい稼ぎは見つからなかった。

「芹香に返す用のエリクサーはどうするかな……」

黒鳥の森水上公園ダンジョンのダンジョンボス（ギガントロックゴーレム）が三つ目のドロップ枠にエリクサーを持ってることはわかってる。でも、これまで倒したモンスターからはドロップ枠の二つ目のアイテムまでしか落ちてないんだよな。今の俺の幸運でも落ちないなら、なんらかの特殊なスキルが必要なのかもしれない。なんとももどかしい話だ。

芹香はエリクサーはいくつか持ってると言ってたし、簡単に手放したからにはどうしても必要なわけではないんだろう。

だけど、ほのかちゃんやはるかさんの件は俺が巻き込んだ話だ。はるかさんは代金を払うと約束したが、無理なく入手できるようならエリクサーの現物は早めに芹香に戻してやりたい。はるかさんや俺に気にさせまいとしてわざと軽く言ってるかもしれないしな。

それに、はるかさんがこれから先も定期的にエリクサーを必要とする可能性もある。安定した入手法が確立できれば、俺の精神衛生にも大変よい。

「まあ、入手できてもどんな口実で受け取ってもらうかが難しいんだけどな」

一個渡しただけでもあれだけの騒ぎになったんだ。定期的にエリクサーを渡したりしたら、それこそほのかちゃんを嫁にもらうレベルの話にもなりかねない。

……いっそ、素直に申し出を受けてはるかさんとほのかちゃんをまとめて嫁に？

「いやいや。ありえないから」

魅力的な話だが、芹香や両親、あるいは世間様に対してどう説明しろというのか。ほんの数日前までひきこもりだった男に、重婚を世間に認めさせるような胆力？なんてあるはずもない。そういうのを男の甲斐性（かいしょう）とか言っちゃうような昭和の価値観なんて持ってないし。

さて今回は、長丁場を想定して神社の宿泊施設を確保した。「逃げる」たびに金を落とすので所持金は常に少ないが、ドロップアイテムを売却すればお金は作れる。もともと観光客の少ない季節らしく、今朝の電話で今夜の予約が取れてしまった。

今日は午前からダンジョンに潜り、赤鬼を狩りながらマップを頼りに四層へ。

昨日とはちがい、最初から赤鬼だけを狩っている。他のモンスターは一体も撃破しないで進める計画だ。

四層の奥、途中で帰還できる中間ポータルの前までやってきた。

「ふう。これで昨日のところまで戻れたな」

昨日は入った白いポータルではなく、隣にある黒いポータルに入って五層に降りる。

五層は敵のレベルが微増した程度で大差がない。六層からはモンスターに「鬼火Ｌｖ53」が混じりはじめたが、今日は赤鬼以外はガン無視だ。順調にＳＰを蓄えながら、五層、六層を突破する。

六層から七層へのポータルを潜ると、俺は予期せぬ場所に現れた。

「おっ……」

剝げかけた朱塗の鳥居が並ぶ石段。

以前にも来た、「断時世於神社」だ。

あいかわらずなんと読むのかわからない。ダンジヨヲ、だろうか？　それとも、これで強引にダンジョンと読めということか？

鳥居や石碑、石段などを注意深く観察してみるが、

「水上公園ダンジョンのときと同じ神社みたいだな」

別のダンジョンの途中に現れたというのに、神社はそっくり同じものらしい。本当に同じものなのか、同じもののコピーなのかはわからないけどな。

俺は石段を登りながらつぶやいた。

「天狗峯神社も由緒ある神社だけど……なんていうか、迫力が違うな」

観光スポットでもある天狗峯神社は、古い社殿にも手を加え、鮮やかな彩色が施されてる。昨日、バスまでの待ち時間に見物したところでは、現代の職人が当時の顔料や技術を使い、建てられた当時の姿を忠実に再現したということだ。

それはそれで見事なもので、見応えもあった。

一方、この「断時世於神社」は、時の風化に任せるままになっている。といって、荒れ果ててるわけでもない。継続的に人の手が入ってることは間違いないだろう。綺麗（きれい）に化粧されてるわけではないが、それだけに、人の一生を軽く超えるような期間手を加えられ続けてきたことがよくわかる。

そんなことを可能にするひたむきな信仰心は、現代人にはちょっと想像がつかない。飾り気がないだけに、かえってその心が素直な形で伝わってくる。信心とは縁のない俺にもわかるほどにな。

……もっとも、いったい誰が、どうやって、こんな場所にある神社を維持してるかは謎なのだが。

「さて、せっかくだからお参りでもしていこうか」

どうせ「逃げる」たびに金を落とすんだ。いわくありげな神社の賽銭（さいせん）にするのも一興だろう。

俺は「Dungeons Go Pro」でマナコインを現金化、万札も混ざるそれを賽銭箱に投げ込んだ。

鐘をがらがらと鳴らしてから、

「お参りのときは願い事はしないほうがいいんだっけ?」

神様ありがとう、これからも見守ってください、そんな感謝の願いをするのがいい——という話を聞いたような。

いや、それはスピリチュアル界隈（かいわい）のローカルルールだったか?

正式な神社の作法ではどうなんだろうな。そもそも礼や拍手の回数にも異論があって、いわゆる二礼二拍手一礼も明治以前に遡ると定かではないと聞いたような……。

「……でも、ダンジョンの中にあるような神社だしな。願い事をすることに何か意味がある可能性も……」

賽銭を投げたまま、願いもせず、どうでもいいことに悩む俺。

そのせいで、反応が遅れた。

というより、それがなかったとしても反応はできなかったかもしれない。

「ホホホ……」

背後から聞こえた笑い声に、俺は慌てて振り返った。

「おお、失礼。随分可愛らしいことで悩んでおったのでのう」

振り返った先には——誰もいなかった。

「視線が高いのじゃ。ほれ、下を見い」

言われた通りに視線を下ろすと、

「うぉっ⁉」

そこには、狐耳（きつねみみ）の童女がいた。

背が俺の腰くらいしかない童女で、黒地に金箔（きんぱく）の散らされたやたらと高そうな和服を着てる。肩に触れるか触れないかの長さで切り揃（そろ）えられたおかっぱの髪は真っ白だ。

銀糸のような白髪といい、金色に輝く瞳といい、とても人間とは思えない。いや、ふさふさの狐耳と腰の後ろから出た狐の尻尾を見れば、人間じゃないのは最初から明らかだった。

そもそも、その童女には気配がない。「索敵」スキルに反応がないのだ。スキルを信じるならそこには誰もいないはずなのに、その童女はそこにいる。

「おぬしには自前の眼（まなこ）があるではないか。異界の小癪（こしゃく）な手妻（てづま）に頼る必要が何故（なぜ）あろう？」

童女は腕を組み、鼻を鳴らして言ってくる。

「手妻……スキルのことか？」

「当世の者は何でも蚊んでも横文字にしよってからに。おのが言葉を見失えば、次はおのが魂を喪うことになろうぞ」

童女に合わない尊大で時代がかった言い回し。だが、それが奇妙に似合ってもいる。

この童女がなんなのかって？　もったいぶってとぼけるつもりはない。だいたい予想がつくじゃないか。

「まさか……神様か？　ここの」

「よく判ったの。正確には、『ここの』ではないがな」

「じゃあどこの？」

「皇の威徳及ぶこの邦の、じゃ」

フン、と胸を張って言う自称・神。

「それはずいぶん大きく出たな」

「事実なのじゃから仕方あるまい」

「いろんな神様がいると思うんだが、そのうちのどれなんだ？」

「呼び名など、人の子の拵え上げたものに過ぎぬ。抑も、八百万の神と云い条、その名を悉く数え上げた者がおるわけでもない。いずれの呼び名も我を指すとも云えようし、呼び名に応じて別個の我が現れるとも云えよう。神話も後付けの創作に過ぎぬ。神を人に寓することで、自分たちの次

元で神を近似的に理解せんとする無意識の試みじゃ。知恵を巡らすほどに神の実態から離れていくのが人の子の哀しさよな」

「……悪いが、言ってることがさっぱりだ」

「左様か。勿体のない話であるな。神が神を語る言葉を聞いた者など、数え挙ぐるに天地開闢以来五指で足るほどしかおらぬというのに」

言葉に反して、童女はあまり気にしてはいなそうだ。自分が語りたいから語る、相手が理解できるかどうかはどうでもいい。そんなふうにも感じるな。

「とにかく偉い神様だってことなんだろ？」

と、雑にまとめると、

「ふむ。大賢は大愚に似たり。大雑把ながら本質を外してはおらぬよ」

神様はなぜか感心した様子でうなずいた。

「その神様が何の用なんだ？　賽銭のお礼か？」

「いや、何。訳の分からぬ世界に成り果てたが、面白そうな者がおったのでな」

「……俺のことか？」

「他に誰がおる？」

まあ、誰もいないけど。

「俺の何が面白いんだ？」

「初めは、惜しみもなく有り金を賽銭に注ぎ込む変わり者がおると思っただけだったのじゃがの。

おぬし、世界の変調に気づいておろう？」

「ダンジョンが現れて世界がおかしくなったってくらいのことは、今時幼稚園児だって知ってるぜ」

俺の言葉に、神様は白いおかっぱ頭を左右に振った。

「そうではない。尋常の者が『世界が変わった』と申す意味は、『大きな災害があって世の中が変わった』、『大きな戦争があって時代が変わった』、その程度のものでしかなかろう」

「ああ、そういうことか」

神様の言わんとしてることには、たしかに心当たりがある。

あとから考えたときに、時代の転機だったと気づくような出来事ってあるよな。

たとえば、９・11。テロリストがハイジャックした飛行機でニューヨークの高層ビルに突っ込んだことがきっかけで、アメリカの国家安全保障政策が変わった。アフガニスタンやイラクでは長年にわたって戦争が続き、中東情勢は大きく変わった。

あの日を時代の転換点と見ることは可能だが、それはあくまでも世界が「変わった」ということであって、世界が「おかしくなった」ということではない。

あるいは、東日本大震災。地震、津波、原子力災害で、それまで当然のものとされてきた多くのことが見直された。

そのことをもって三月十一日を時代の転換点と見ることはできるが、これもやはり、世界が「おかしくなった」わけではない。地震が起こることも、津波が起こることもこの世界の摂理に沿った現象だ。その結果として設計に問題のあった原子炉が危機に陥ったのも、可能性としては十分にありえたことだ。

最近でいえば、新型コロナウィルス感染症。未知のウィルスの世界的流行によって人と人の距離や社会のあり方までもが急激な変化を余儀なくされた。

これも、二〇一九年を画期と見なすことはできるが、感染症のパンデミック自体はいつでも起こりうることだったのだから、世界が「おかしくなった」わけではない。

でも、ダンジョンはそうじゃない。マスコミは「Withダンジョン」などとスローガンのように言ってるが、ダンジョンが世界中に現れることは、戦争や災害、パンデミックとは質的に異なる現象だ。

こんなことは、起きるはずがない。

この世界のどんな法則に照らしても、ダンジョンなんてものが発生する理由は説明できない。

いや、むしろ、ダンジョンはこの世界のあらゆる法則に真っ向から反してる。

これは、あきらかにおかしいのだ。

それなのに、誰もそのおかしさを指摘しない。

俺の父も母も、芹香も。異世界からやってきたはるかさんですら。

「俺がおかしくなったわけじゃなかったのか」

「うむ。おぬしの感覚こそ真っ当なのじゃ」

神様はきっぱりとうなずいた。

「じゃあ、なんで?」

「我にも分からぬ」

「わからないのかよ！」

おもわず片方の肩を落とした俺に、

「神にも分からぬようなことが起きた、ということじゃ」

少し唇を尖らせて神様が言う。

「でも、あんたは世界がおかしくなったことには気づいたんだな」

「大雑把には、そう云っても良いであろう。ダンジョンの出現によって生じた人の子らの動揺が、忘れられかけておった神々を甦らせたと思えば良い」

「ダンジョンなんてもんがアリなら、神様くらい余裕でアリってわけか」

「ホホホ……おぬしの言は能く的を射る」

俺に興味深そうな目を向けながら、神様はこくこくとうなずいている。

「それで、俺に何の用だったんだ？　面白そうだから見にきたってだけか？」

「加護の一つも授けられればよかったのじゃがな。生憎、今の我にそのような力はない」

「じゃあ？」

「何、悩んでおるようじゃったからの。どうせやることもない身じゃ、相談にでも乗ってやろうかと思ったのじゃ。さ、何でも云うてみるがよい」

と、腰に手を当て胸を張る神様。

「相談に乗るって……いいのかよ、神様がそんなフットワーク軽い感じで」

「以前ならばそうもいかなかったがの。じゃが、今の我——や外つ国の神々は、以前とは存在の質が異なっておる。良くも悪くもダンジョンの影響よ」

ダンジョンがアリな世の中なら、元からこの世界にいた（らしい）神様は余裕でアリだろう。ダンジョンが日常と化したこの狂った現代において、神様の力が増したとしても不思議じゃない。

「世界が斯くも揺らいでおっては、神も我関せずとばかり云ってはおられぬのじゃ」

「神様もこの状況をどうにかしようと思ってるってことか？」

「左様。じゃが、『神』という古来の概念は極めて堅固なものじゃ。『神は地上に直接力を振るわない』、人の子らにとって『神』とはそのようなものと認識されておる。敬虔な信徒であっても、奇跡とは滅多に起こらぬものという認識じゃ」

「えーっと。要するに、昔ながらの神様観みたいなものからは逃れられないと」

「ホホホ……その理解で良かろう。なればこそ、この神社のような回りくどい形で、人の子らの一助にならんと思ったのじゃが……」

と、苦い顔で神様がこぢんまりとした境内を見回した。

俺と神様以外に誰もいないな。

「悪いけど、ほぼ知られてないよな」

Ｗｉｋｉには未確認情報としてダンジョンの階層移動の際に謎の神社に出たという話が載っていた。だが、その神社の目的がわからないのはもちろん、そもそもそんな神社があること自体デマではないかと疑われてたくらいだ。

今のところ、この神社はダンジョンにまつわる都市伝説のような扱いでしかない。

だが、俺の言葉に、神様は唇の端を吊り上げて首を振る。

「それは違うの」

「えっ、一部では知られてたりするのか？」

「否。ほぼ知られておらんのではない。全く知られておらんのじゃ。呵っ呵っ呵っ！」

開き直って笑う神様に、俺はがくっと肩を落とす。

「笑い事じゃないだろ、それ……」

「仕方あるまい。神が人を助けるなどという事態は、人の世の夜明け以来のことなのじゃ。今世の人の子には、神とは己を助けてはくれぬものという『常識』が根付いてしまっておる」

まあ、そうだよな。と、言葉にはせずにうなずいた。

「然るが故に、神が人を助けるには、複雑な段取りを踏む必要がある。人に、奇跡が起こっても当然だ、少なくとも、ここまで特殊な条件を満たしたら、奇跡的なことが起こっても不思議ではない――そう思わせるだけの特異な状況が必要となる。おぬしには思い当たる節があるであろう？」

と、意味ありげに言ってくる神様。その言葉に、閃くものがあった。

「ひょっとして……特殊条件のことか⁉」

「然り。抑も、何故特殊な条件を満たすことで特別な報酬を得られるのか、疑問には思わなかったかの？」

「……そりゃ、ちらっとは思ったけど。ダンジョンなんてものがあるならそんなことがあっても不

「うむ。そのようにして、奇跡が起こるための……そう、『ハードル』を下げておるわけじゃ。専ら人の子らの努力によって下げさせておるわけで、神としては忸怩たるものがあるのじゃがの」

「そんな仕組みだったのか……」

あっさりと明かしてくれたけど……これ、とんでもない情報じゃないか？　もっとも、世間的には特殊条件自体が知られてないからな。誰かに話しても驚いてもらうことすらできないんだが。

驚く俺を尻目に、神様は眉根を寄せて首を振る。

「しかし、おぬしならば分かっておろう。この方法には難が多い」

「……まあ、条件が特殊すぎて満たしにくいよな」

ダンジョンの低レベルクリアなんて、ゲームならともかく現実でやろうとする奴はただの馬鹿だ。ボスモンスターを一撃で倒すなんてのも、よっぽど強力な固有スキルでも持ってない限り無理だろう。ボスモンスターにはレベルレイズがあるから、高レベル探索者が低ランクダンジョンに潜っても、ボスを一撃でとはいかないはずだ。いや、そもそも、わざわざそんなことをする理由がない。

「この神社もまた、人の子らに奇跡を起こすための下地作りなのじゃがな。遺憾ながら機能しておるとは云い難いの」

「っていうか、この神社では何をすればいいんだ？」

「おぬしのやっておった通りじゃ。神社は参拝するためのものであろう。神への感謝でも良いが、具体的な願いを込めてくれた方が、後々奇跡を起こすには都合が良いの」

「ああ、あのとき神様にお願いしてたことが叶った、という形が取れるわけか」

望んでもいないのにいきなり奇跡が起こるより、ずっと願っていた奇跡が起こるほうが納得がいく。神様の言葉で言えば、ハードルが低い。

「うむ。存分に願うが良いのじゃ。尤も、あまりに多くを願えば、その分奇跡の下地という意味では弱くなるがの」

「一心不乱に一つのことを願えってことだな」

プロ野球選手か宇宙飛行士のどっちかになりたいです！　みたいに願うより、どっちかに絞ってから祈ったほうが奇跡を起こしやすくなるわけだ。

「おぬしは惜しげもなく有り金を賽銭箱に放り込んだ。その行為が強い因果を生んだのじゃ。その上おぬしは、これまでにいくつもの特殊条件を満たしてもおるからの。じゃからこうして、我と直接言葉を交わすこともできておる」

「なるほど……」

「しかし、あまり時間がないのも事実じゃな。ほれ、何か悩んでおるのではなかったか？　我に相談してみるがよい」

と、神様がドヤ顔で胸を張る。薄目を開けてちらっちらっと俺の様子をうかがってる。

……なんか、めっちゃ相談してほしそうだよな。実は、あまりに人が来なすぎて寂しかったりするんだろうか。

「そういうことなら……」

相談したいことはいくつもある。でも、今の話を聞く限りだと、質問は絞ったほうがいいんだろうな。エリクサーがほしい？　それではちょっと限定的すぎるか。せっかくだから、もうちょい応用の利きそうな訊き方をしたい。

「『鑑定』のステータスで見える三つ目のドロップアイテムを入手する方法が知りたいんだ」

これくらいの具体度ならどうだろう？

「ふむ。具体的な質問じゃが、生憎神は具体的には答えられぬ」

と、神様が首を振る。

「神託とは常に曖昧なものじゃ。しかし、本物の神託であれば、その中に必ず答えが含まれておる。偽物の神託が曖昧である理由は……言うまでもないであろう？」

「そりゃ、曖昧にしておいたほうが、外れたときに誤魔化しが利くからだな」

曖昧にしておけば、相手が自分の信じたいように解釈するからな。

「然り。これから語るのは、無論本物の神託である。曖昧であるということでは偽物と判じ難いが、已むを得ぬ仕儀と思って呉れ」

「わかった」

俺がうなずくと、神様はしばし目を瞑り、

「……ふむ。おぬしにはやり残しておることがあるのではないか？」

「やり残したこと？」

「先に進むのも大事じゃが、時にはこれまでに得た知識を振り返っておくのも重要じゃ」

「これまでに得た知識か……」

　未知のダンジョンに挑むのではなく、これまでの探索で得た知識を生かせ、と。逆に言えば、俺がこれまで見聞きしてきたことの中に問題を解決する鍵があるってことか？

「……そういえば、あれをやってなかったな」

　俺の脳裏に閃くものがあった。

「……道は見えたようじゃの」

「ああ、助かった」

「また道に迷うことがあれば来るが良い。尤も、我と直接言葉を交わすには、相応の奇跡の蓄積が必要じゃがな」

　その言葉とともに、神様の姿は消えていた。

†

　神様のヒントで思いついたこととは何か？

　気になると思うが、まずは今いるダンジョンの攻略だ。

　ダンジョン神社の裏手にあったポータルに入り、俺は天狗峯神社ダンジョンの七層へと転移した。

　七層も、攻略の方針は変わらない。赤鬼だけを狩って他は無視。ひたすら前に「逃げる」で先を急ぐ。

多少遠回りをして多めに赤鬼を狩ってから、貯まったＳＰを確認する。

今回は途中でスキルを取得してないので、貯まったＳＰで赤鬼の撃破数がおおよそわかる。おおよそといったのは、赤鬼のレベルによって獲得ＳＰが5倍のときと6倍のときがあり、その計算が面倒だからだ。二次方程式を解けばわかるはずだが、多めに稼いでおいて悪いことはない。

今回赤鬼だけを狩ってきたのは、単にＳＰがいちばん高いからだった。でも、神様の話でこれに別の意味が出てきたんだよな。鍵となるのは撃破数だ。

「さあ、いよいよボス部屋だな」

七層の最奥にある観音開きの大きな扉を押し開く。

中はいつものように格闘マンガの地下闘技場じみた空間だが……今回はひときわ天井が高い。五階建てくらいのビルがすっぽり収まりそうな高さがある。

このダンジョンの各層の高さからすると、何階層かぶち抜いてそうな高さだな。階層間の移動はポータルによる転移なので、各階層が順番通り縦に並んでるかどうかはわからないらしいが。

そんな空間の真ん中に、それこそビルくらいの大きさの鬼がいた。

Status

だいだら（ダンジョンボス）
レベル　61
HP　9400／9400
MP　0／0
攻撃力　3452
防御力　1952
魔　力　1000
精神力　305
敏　捷　305
幸　運　982

・生得スキル
地割れ２　渾身の一撃２　凶暴化２

撃破時獲得経験値０
撃破時獲得SP210
撃破時獲得マナコイン（円換算）134200
ドロップアイテム　銘酒「鬼泣かせ」
鬼の大金棒　猛攻の指輪

「さっきの話が気になるからな。さっさと片付けよう」

†

天狗峯神社ダンジョンのダンジョンボスは「だいだら」。見た目的には、赤鬼をそのまま大きくし、肌を土色に変えて、顔の造作をのっぺりさせたような感じだな。

十数メートルの巨体。１万近いＨＰ。雑魚とは桁違いの攻撃力。さらには、「地割れ」のスキルで地面に裂け目まで造り出す。その裂け目に呑み込まれれば、もちろん即死。

かなり厄介なモンスターだ。

ミスが死につながりかねない相手だから、普通のパーティは必要がない限り戦おうとはしないという。こいつのせいで天狗峯神社ダンジョンはBランクダンジョンの中でも不人気で、たまにやってくる探索者も四層で引き返すことがほとんどらしい。まあ、単に天狗峯神社への交通アクセスが悪いせいもあるだろうけどな。

だが、強みがはっきりしてる分、弱みのほうもわかりやすい。

動きが遅くて、精神力（魔法防御）が低い。おまけに、人の形をしている。

俺にとってはやりやすい相手だ。

んんんもおおおおおおおっっっ！

と、やや間の抜けた感じの雄叫び（おたけび）を上げ、だいだらが足を踏み出した。それだけで地面が激しく揺れる。

「うおっと」

俺は浮き上がった足を押さえつける。

歩くたびにこんなに揺れるんじゃ鬱陶しいな。もっとも、俺の敏捷（びんしょう）をもってすれば、多少足場が不安定なくらいなんでもない。

今回も、俺の戦略はシンプルだ。

俺はだいだらの周囲を回り込むように走り、だいだらの背中側に移動する。

俺を見失い、頭を左右に振るだいだら。俺の動きが見えなかったらしい。見た目通り、あまり頭はよくないみたいだな。

その無防備な背中に、

「フレイムランス！」

魔法を叩き込む。

かなりのダメージがあったはずだが、だいだらは痛がる様子もなくのっそりこちらに振り返る。

そのときにはもう、俺はだいだらの後ろへと回り込んでいる。

「フレイムランス！」

だいだらの延髄あたりを狙ってさらに魔法。さっきも今回もクリティカルが出たが、「暗殺術」の即死効果は発動しなかった。急所は延髄でまちがいない。ギガントロックゴーレムのときと違って一目で急所がわかったのは、ゴーレムと比べてより人間に近い形態だからだろうか。

――さて、もうおわかりだろう。

「魔法クリティカル」の効果で魔法にもクリティカルが乗る俺は、「バックスタブ」でクリティカル率をさらに上げつつ、「暗殺術」「致命クリティカル」での即死を狙ってる。即死の確率は３・３％しかないが、やってればそのうち当たるだろう。だいだらは魔法に弱いから、その前にＨＰがなくなるかもしれないけどな。

十発ほどフレイムランスをぶち込んだところで、

んんんおおおおお……！！！


ビルが倒壊するような音を立てながら、だいだらの巨体が地面に倒れた。

ダメージ的には即死なのか削り切ったのか微妙なラインだな。

だいだらの巨体が土に還り、あとにはマナコインの山が残された。

小山のような巨体と比べると少なく見えるが、おそらくこれまでの最高金額になってるはずだ。

《ダンジョンボスを倒した！》
《ダンジョンボスに経験値はありません。》
《SPを1470獲得。》
《134200円を獲得。》
《「銘酒『鬼泣かせ』」を手に入れた！》

「さて、今回はどうだ？」

俺は興奮を抑えて「天の声」を待つ。

初めてのBランクダンジョン攻略だ。特殊条件を満たせるはず。

「来い、来い……！」

《特殊条件の達成を確認。スキルセット「魔法一徹」を手に入れました。》

「きたあああっ！」

Congratulations!!!――――――――――

特殊条件達成：「単一の魔法のみを用いてBランク以上のダンジョンのダンジョンボスを倒す」

報酬：スキルセット「魔法一徹」

「魔法一徹」を入手したことにより、セットに含まれる以下のスキルを獲得します。

「魔法連撃」「ＭＰ節約」「属性増幅」

――――――――――――――――

Skill――――――――――――――

魔法連撃1

同じ属性の魔法を連続して使用すると、詠唱時間が（S.Lv×10）％減少し、かつ魔法の威力が（S.Lv×10）％上昇する。（S.Lv＋1）回分まで効果が重複する。

――――――――――――――――

Skill――――――――――――――

ＭＰ節約1

スキルの消費MPが（S.Lv×10）％減少する。

Skill――――――――――――――――――――

属性増幅1
弱点属性攻撃時のダメージボーナスが（S.Lv×10）％上昇する。

「なるほど、そういう条件か」
スキルもそれぞれ有用だな。これで魔法の威力がさらに伸びる。
「まだ、あるはずだよな？」

《天狗峯神社ダンジョンを踏破しました！》
《特殊条件の達成を確認。「秘伝書・破の巻」を手に入れました。》

Congratulations!!!――――――――――――――――――――

特殊条件達成：「Bランク以上のダンジョンをレベル25以下で踏破する」（初回のみ）
報酬：「秘伝書・破の巻」

Item――――――――――――――――――――
秘伝書・破の巻
使用するとＳＰを４００００獲得。
――――――――――――――――――――

「これは……予想通りか」
ＳＰ４００００は今の俺ならそこまで苦労せずに稼げるが、ありがたいことに変わりはない。
《特殊条件の達成を確認。「奥義書・序の巻」を手に入れました。》

Congratulations!!!――――――――――――――――――――
特殊条件達成：「Bランク以上のダンジョンをレベル15以下で踏破する」（初回のみ）
報酬：「奥義書・序の巻」
――――――――――――――――――――

Item――――――――――――――――――――
奥義書・序の巻
使用すると一部の秘匿されたスキルを取得可能状態にする。
――――――――――――――――――――

「そういう刻みか」
さっきのがレベル25以下、今のが15以下となっている。Cランクダンジョンのときは5以下だけだった。ダンジョンランクに応じて低レベル縛りの上限が上がるみたいだな。
……ということは？

《特殊条件の達成を確認。「レベル封じの腕輪」を手に入れました。》

Congratulations!!!――――
特殊条件達成：「Bランク以上のダンジョンをレベル5以下で踏破する」（初回のみ）
報酬：「レベル封じの腕輪」

――――

Item――――
レベル封じの腕輪
装備中獲得経験値が0になる。無効にした経験値が合計1、000、000を超えると、経験値を獲得するたびにランダムで壊れる可能性が発生する。

――――

「マジか！」
とんでもないもんが出た！
だが、驚くのはまだ早かった。
《特殊条件の達成を確認。スキル「ミニマップ」を手に入れました。》

Congratulations!!!――――
特殊条件達成：「Bランク以上のダンジョンをレベル25以下かつソロで踏破する」（初回のみ）
報酬：スキル「ミニマップ」

――――

Skill――――
ミニマップ
五感とスキルで得られた情報をもとに視界にミニマップを表示する。

――――

「うぉっ⁉」
《特殊条件の達成を確認。スキル「窃視（せっし）」を手に入れました。》

Congratulations!!!――――――――

特殊条件達成：「Bランク以上のダンジョンをレベル15以下かつソロで踏破する」（初回のみ）

報酬：スキル「窃視」

――――――――――――――――

Skill――――――――――――――

窃視
「簡易鑑定」「鑑定」「看破」等他者の情報を読み取るスキルと併用すると、そのスキルを使用したことを相手に察知されなくなる。

――――――――――――――――


「うええっ⁉」

《特殊条件の達成を確認。スキル「ステルス」を手に入れました。》

Congratulations!!!――――――――
特殊条件達成：「Bランク以上のダンジョンをレベル5以下かつソロで踏破する」（初回のみ）
報酬：スキル「ステルス」

Skill――
ステルス
自分自身に光学的・音響的な迷彩を施すことで、他者に存在を感知されにくくなる。使用中ＭＰを
消費する。

「や、ヤバすぎんだろ……」
今回はスキルセットではなくスキル単品になってるが、その分一つひとつのスキルが濃い。
「ミニマップ」の便利さは言うまでもないよな。他の二つも、以前のように他の探索者を相手どる
はめになったときには便利だろう。そんな機会がないことを祈りたいが。

《特殊条件の達成を確認。スキルセット「鬼ノ哭(な)ク声」を手に入れました。》

Congratulations!!!――
特殊条件達成：「種族：鬼を４００体連続で倒す。うち1体以上ボスモンスターを含む」
報酬：スキルセット「鬼ノ哭ク声」
「鬼ノ哭ク声」を入手したことにより、セットに含まれる以下のスキルを獲得します。

「凶暴化」「渾身の一撃」「地割れ」

Skill――――

凶暴化1

自身を状態異常「狂奔」状態にする。戦闘が終了するか状態異常が解除されるまでのあいだ、攻撃力が（S.Lv×30）％上昇する。

Skill――――

渾身の一撃1

次の物理攻撃の威力が（S.Lv×20）％上昇する。ただし、攻撃の命中率が（S.Lv×10）％減少する。

Skill――――

地割れ1

大地に深い割れ目を生み出し、落下したものをその中に呑み込む。呑み込まれたものは残りのＨＰにかかわらず即死する。一戦闘中に一回のみ使用可能。地面のないところでは使用できない。

「これは……まあまあか？」

……と思ってしまうあたり、感覚が麻痺（まひ）してるな。

「凶暴化」は発動すると狂奔――怒り狂って物理攻撃しかできない状態になってしまう。いくらなんでも博打（ばくち）すぎる上に、俺の主力は魔法である。使う機会はなさそうだ。それでも能力値にボーナスがつくのはありがたい。

「渾身の一撃」も物理攻撃限定か。魔法にも適用されればよかったんだが。

「地割れ」はだいだらが持ってたスキルだな。結局見る機会がなかったが、予備動作が大きいので見てからでも回避できるという話だった。呑み込みさえすれば即死というのが魅力だけど、避けられたらそれでおしまいだ。

……鬼のスキルは微妙だったが、今回の鬼縛り、実はスキルが目的じゃない。「ボスを1体含む同種４００体を連続で倒す」という達成条件がスライム以外にも存在することを確かめたかったんだ。神様のヒントで閃いたことも、もちろんこれに関係してる。

「神様にも会えたし、特殊条件も思ったよりたくさん回収できたな」

今回の探索は濃厚だった。成果も、ありすぎるほどにありまくった。消化するのに時間がかかりそうなくらいにな。

俺はほくほく顔でダンジョン奥のポータルに飛び込むのだった。

†

天狗峯神社ダンジョンの探索は、思ったよりあっけなく済んでしまった。

とはいえ、昼前に潜り始めて一気に七層まで踏破したからな。外に出たときにはとっくに日が暮れていた。宿泊施設を押さえておいてよかったな。

温泉で探索の汗を流して出ると、

「あ、お疲れさまです、悠人(ゆうと)さん」

制服姿の少女がそこにいた。今はキャスケット帽もサングラスもつけてない。いやがうえにも目立ってしまう美少女だが、ここなら人の目を気にしなくてもいいだろう。宿泊施設は閑古鳥が鳴いてるからな。

「ほのかちゃんか。はるかさんの様子は？」

「おかげさまで落ち着いています」

「それはよかった」

「母が、もしよければお食事を一緒に、と申しております」

「はるかさんが無理してないならいいけど」

「すぐに無理をする人ですけど、今日は本当に調子がよさそうです」

「そういうことなら喜んで」

どうせ、今日は宿の部屋に引っ込んで寝るしかやることがない。入手したスキルの使い方や今後のスキルレベル上げの方針を模索したい気持ちはあるが、量が量だし、急いでやる必要もない。

それに、はるかさんはベテランの探索者だ。何か参考になる話が聞けるかもしれないよな。もちろん、探索の話を抜きにしても、美人エルフ母娘からの食事の誘いを断る理由などあるはずがない。

……なぜか芹香の怖い笑顔が脳裏をよぎるが、恋人じゃないんだから何も問題はない……はずだ。

「こちらです」

昨日はるかさんと会った屋敷のほうに案内される。畳敷の和室には、ほとんど懐石料理みたいな手の込んだ品々が並んでいた。

「お疲れさまです、悠人さん」

と、奇しくも同じようなセリフではるかさんが出迎えてくれる。

昨日は巫女装束だったが、今日は割烹着。エルフというとスレンダーなイメージだが、はるかさんはとてもスタイルがいい。絹糸のような金髪と蒼い瞳、エルフ特有の長い耳は割烹着とはミスマッチなはずだが、そのギャップがかえってはるかさんの魅力を際立たせている。

「お招きいただいてありがとうございます」

ほのかちゃんが俺を呼びに来たのはついさっきのことだ。前もって約束してたわけじゃない。

でも、目の前の料理が短時間で作れるものじゃないってことくらいは俺にもわかる。

「ふふっ。そう固くならずに。私たちのことはどうか家族のように思ってくださいな」

「こんな綺麗な人が母親だったら気が気じゃないでしょうね」

「あら？　妻のほうがよかったかしら？」

「からかうのはやめてくださいよ」

「からかってはいないのだけれどね。あのお話、あなたさえ望むならいつでもお応えしますわよ？　ね、ほのか」

「は、はい……」

ボッと赤くなってほのかちゃんがうなずく。

「い、いや、その話はやめておきましょう」

「そうね。芹香さんがいないときにするのは義理を欠きますから」

「俺と芹香はそういうんじゃないですけどね。あ、あと、こっちが歳下なんで、敬語とかいいですよ」

「あら、そう？　それなら悠人さんも敬語は使わなくて結構よ」

「わかりました。……いや、わかったよ、はるかさん」

「うふふ。冷めないうちにいただきましょう」

料理は、鮎の塩焼きや山菜の天ぷら、汁物、茶碗蒸し……と和食で揃えられている。ダンジョン探索後だからか、俺が男であることを考えてか、全体的に量は多めだな。

芳しい匂いに、俺は誘い込まれるように箸を伸ばす。

「おいしい」

「あら、お口に合ったようでよかったわ」

「ひょっとして、はるかさんが？」

「私とこの子で、よ」

「そうなのか。ほのかちゃんも、ありがとうな」

「い、いえ、とんでもない！　悠人さんにいただいたご恩を思えばなんでもありません」

エルフであるはるかさんがこんな純和風の料理を作るのは意外……でもないな。ほのかちゃんがお腹の中にいる頃にこっちにやってきたんだから、こっちの料理を覚えていても不思議じゃない。

……………いや、そうか？

ほのかちゃんが生まれる前なら、俺はまだ小学生だったはず。

それなのに、はるかさんは「気づけばこっちの世界のダンジョンにいた」と言っていた。

その頃にはもう初期のダンジョンが生まれていたってことなのか？

だが、俺がひきこもる前の時点では、ダンジョンのダの字も聞かなかった。

はるかさんが嘘をついてるとも思えないし……。

これはどうも、神様案件みたいだな。

「……変なこと聞きま……聞くけど、はるかさんは神様に会ったことってあるか？」

と、訊いてみる。言ってから、怪しげな宗教の勧誘みたいだなと気がついた。が、はるかさんは気にした様子もなく、

「神様？　ううん、ないけれど……」

「いるとは思う？」

「神様はいるわ。元の世界にも、こちらの世界にも」

きっぱりと、はるかさんが断言した。

「この神社にも？」

「神様は特定の場所にいるわけではないから、どこにいるか、というのは意味のない問いね。どこにでもいるし、どこにもいない。そうしたものだとエルフのあいだでは考えられていたわ」

「エルフはみんな神を信じてるのか？」

「ええ。信仰心の濃淡はあるけれど、信じないという人はいなかったわ。だって、エルフという存在自体が、神に祝福されているのだもの」

「エルフ自体が？」

「この世界の常識で考えてみて。数百年を不老のまま生きる人間なんてありえないでしょう？」

「それは……そうだよな」

これから先、再生医療や遺伝子編集技術が発展すればそういうこともあるかもしれないが、少なくとも現時点ではありえない。

「神は、自らを讃える民を愛おしく思い、彼らから老いと死とを遠ざけた――事実かどうかはともかく、エルフの伝承ではそうなっているわね」

……なんていうか、随分えこひいきな神様だな。まあ、地球の神様だってえこひいきは大概なものがあるけどな。

はるかさん自身は、口ぶりからして、そこまで信心の厚いほうではないのだろう。ダンジョンの崩壊で愛する夫を失い、異世界に飛ばされたんだ。神を信じる気持ちが薄らいでも無理はないか。

あるいは、エルフたちから村八分にされた経験で、エルフたちの信仰に疑問をいだいたのか。

この話をあまり掘り下げるのもどうかと思ったので、俺は気になってたことを聞いてみる。

「はるかさんは、こっちでも探索者をしてたんだよな？」

「ええ。ダンジョンの存在が知れ渡る前からね」

「最古参の探索者だな」

しかも元の世界でのキャリアもある。はるかさんは、俺の言葉に頬をかわいらしく膨らませた。

「ちょっと、その言い方だと私が年寄りみたいじゃない」

「エルフは年齢は気にしないんじゃなかったのか？」

「エルフは年齢を気にしないけど、私はあなたと釣り合っていたいと思うわよ？」

「そ、そうか」

「……お母様。悠人さんのこと、本気で取ろうとしてませんか？」

「そんなことないわ。ほのかちゃんの大事な背の君ですからね。でも、若い人間の男性は性欲が強いものだから。一人じゃ満足できないかもしれないでしょ？」

「……性欲が強いのはお母様なんじゃ……」

「何か言ったかしら、ほのか？」

「い、いえ、なんでもありません」

けふんと咳払い（せきばらい）してそっぽを向くほのかちゃん。

俺は不穏な気配に冷や汗を流しつつ、

「ちょっと特殊な条件のダンジョンを探してるんだ。具体的には、道中にホビット系のモンスターがなるべく多く出現して、ダンジョンボスもホビット系のダンジョンなんだけど」

と、話をそらす。

「ずいぶん変わった条件ね」

はるかさんはしばし考えて、

「……ごめんなさい、条件ぴったりのダンジョンは知らないわ」

「そうか……」

「道中にホビット系が出るダンジョンはいくつか思いつくけど、それだけではダメなのよね?」

「ああ。道中は最悪いなくてもやりようはあるんだけど、ボスだけは必ずホビット系じゃないとダメなんだ」

「ホビット系のボスというのが珍しいのよね。すくなくとも私は見たことがないわ」

はるかさんの言葉に、内心で落胆する。

俺がホビット系にこだわってるのはなぜかって? もちろん、同種のモンスター四百体(うち一体以上はボス)を連続で撃破する特殊条件のためだ。

黒鳥の森水上公園ダンジョンの「トレジャーホビット」は、「盗む」というスキルを持っていた。もし、ホビット系連続撃破の特殊条件を達成できれば、その報酬として「盗む」が手に入るかもしれないよな。

前からドロップアイテムの三枠目が落ちないことに疑問を持っていた。高い幸運のおかげか二枠目はそこそこ落ちるのに、三枠目は一個も落ちたことがない。単純に確率がものすごく低いという可能性もあるが、そもそも普通の方法ではドロップしないってことかもしれないよな。

たとえば、ドロップアイテムのグレードが上がるようなスキルがないと手に入らないとか。あるいは、それこそ「盗む」のようなスキルを使わないと取れないだとか。

その疑問を神社で神様に訊いた答えが、「これまでの知識を振り返れ」だった。探索者になりたての俺の知識なんて知れている。その中に答えにつながる情報があるのだとすれば、心当たりはこれしかない。

「お役に立てなくてごめんなさいね」

「ああ、いえ、気にしないでください」

「あら、口調が戻ってるわ」

「おっと、すまん、気にしないでくれ」

「うふふ。そのしゃべりかたのほうが素敵よ」

「生意気に聞こえないか？」

「探索者だもの。この世界では時代錯誤かもしれないけれど、堂々と構えることも仕事のうちだわ」

「……なるほどな」

丁寧にするのはいいが、馬鹿丁寧にしては舐められる。こちらが下手に出るとどこまでも図に乗って無理な要求を通そうとするやつなんてざらにいるからな。威張りちらすのは嫌いだが、ある程度の威儀は必要だってことだろう。

……でも、はるかさんと話してると、自分がとんでもなく亭主関白な昭和の夫にでもなったような気がしてくる。まさか、それを狙ってるんじゃないだろうな……？　何重にも罠を張るのはやめてほしい。罠とわかってても、はるかさんに言い寄られて悪い気がしないのも困るよな。

　ほのかちゃんの母と言われるとすごく歳上なようだが、そうでもない。（実年齢はともかく）二十代半ばくらいの妙齢の美女と思えば、ほのかちゃんよりも俺とのバランスは取れてるくらいだ。このバランスっていうのはあくまでも年齢的な釣り合いであって、フツメンの俺とエルフの美女が外見的に釣り合ってるわけでは断じてないが。

　エリクサーも結局ははるかさんのためのものなわけだし、その恩を返すということなら、俺とはるかさんが付き合うほうがまだしも自然か？　ほのかちゃんが義理の娘ということになるなら、俺がほのかちゃんを守る口実としても完璧だ。父娘としてはちょと年齢が近いけどな。

　昔から、俺は包容力のある女性に弱いところがあるんだよな。芹香にもちょっとそういう気があるし。諸々の事情を無視して自分の好みだけを考えるなら、正直はるかさんはジャストミートもいいところだ。

　……いかん。意識したら顔が火照ってきた。

　俺が一人で内心の煩悶と戦っていると、

「さっきのダンジョンの話だけれど……芹香さんには訊いてみた？」

と、はるかさんが話を戻す。

「いや、まだだ」

「せっかく身近に詳しい人がいるんだから、知恵を借りてもいいんじゃないかしら？　悠人さんは迷惑をかけたくないと思ってるのかもしれないけど、芹香さんは頼られて悪い気はしないはずよ」

「そうだな……」

さっき思いついたことだから聞く暇がなかった……というのもあるが、実際、俺は芹香に頼ることを避けがちだ。

でも、わからないことがあれば聞けばいいし、力を貸してほしければ頼めばいい。

自分の問題から逃げちゃダメだ！　なんてのは、勘違いした真面目さだ。人を頼ったほうが早くて確実ならそうすればいい。一人で抱え込んで潰れてしまうのが最悪だ。

逃げるまいと思って抱え込み、どうしようもなくなった挙句、逃げるしかなくなってしまう。

俺は何度もそうして、人生のレールを踏み外してきた。

俺に「逃げる」なんて固有スキルがついたのはなんの嫌がらせかと思ったが、案外それは逆なのかもしれない。

――戦う際にはまず「逃げる」選択肢から検討しろ。

この固有スキルは俺をそう戒めてるのかもしれないな。なんだか芹香みたいな発想だが。

「ありがとう、はるかさん。ちょっとすっきりしたよ」

「私は何も言ってないわ。悠人さんの力よ」

と、やわらかく微笑むはるかさんに胸を撃ち抜かれ、俺は鮎の塩焼きへと逃げるのだった。

†

「では、おやすみなさい、悠人さん」

俺の部屋まで見送ってくれて、ほのかちゃんがそう言った。

はるかさんとは別の意味でどきっとする微笑みだ。

……この母娘は、自分たちの魅力をわかってて使ってるんだろうか？

はるかさんは絶対わかっててやってるが、ほのかちゃんは違うだろう。悔しいが、わざとやられてもどきっとするし、天然でやられてもどきっとする。ずるい。

「あ、そうだ」

まだ中二の女の子から苦労して視線をはがしたところで、俺はあるアイテムのことを思い出した。

俺はアイテムボックスからそれを取り出すと、

「これ、あげるよ」

蒼い石の嵌（は）まった指輪をほのかちゃんに差し出した。

「指輪、ですか？」

「ああ。昨日手に入れたものなんだが、俺は使う予定がなくてね」

俺が出したのは「守りの指輪」だ。水上公園のギガントロックゴーレムのドロップで既に一つ持ってるので、昨日宝箱で引いた分はアイテムボックスの肥やしになっていた。

売ればそれなりの値段になるんだろうが、宝箱から初めて入手したアイテムだ。誰かに使ってもらえるならそのほうがいい。

「ほのかちゃんに合うと思ってさ」

ほのかちゃんがクズ探索者にからまれてたのはつい先日のことだ。この指輪は防御力を高めるだけのものだが、いざというときにその差が生きることもあるかもしれない。

「私に似合う、ですか」

「ああ。ほのかちゃんの瞳と同系色だから合わせやすいだろうし」

「……わ、私の瞳に合わせて……」

「この指輪が守ってくれることもあるかもしれないだろ。よかったら使ってくれないか？　あ、もちろん、好みに合わなかったら無理にとは言わないけど」

「そ、そんなことありません！　すっごく気に入りました！」

「そ、そう……」

「ありがとうございます！　宝物にします！　絶対なくしませんから！」

「い、いや、そこまで思ってくれなくてもいいんだが……」

ほのかちゃんは熱に浮かされたような様子で、ふらふらと廊下を去っていった。


……もちろん、このときの俺は知らなかったさ。

エルフには、男性が女性にプロポーズするときに、相手の瞳と同じ色の宝石を使った装身具を贈る習慣がある……なんてことはな。

あとがき

はじめましての方ははじめまして。天宮暁と申します。

なろう版、カクヨム版、あるいは漫画版から来てくださった方もいらっしゃると思います。

この作品をお手にとっていただき誠にありがとうございます！

この作品はウェブにてご好評をいただいた作品を書籍化したものとなっております。と言うと、「なんだそれならウェブで読もうかな」と思われる方もいらっしゃるかもしれませんが、しばしお待ちを。もちろんウェブにはウェブのよさがあるのですが、書籍ならではのブラッシュアップを徹底して施したのもまた事実。さくっと読めることを最優先に小説としては外道な技術を盛り盛りにしたウェブ版に対し、書籍版は小説としての完成度を優先してかなーり手を加えております。ｐｕｐｐｓ様のポップで美麗なイラストを楽しめるのも書籍だけ！　さらに通な楽しみ方としては、書籍版とウェブ版を突き合わせて「ほうほう、ここを変えたんだな」と作者の苦労を見透かしてほくそ笑むというものもございます。まあ、天宮が他の作家さんの作品でよくやっていることなのですが。

ここで、この作品のコンセプトについて少し。

名作と言われるＲＰＧの特徴のひとつは、優れたレベルデザインにあると思います。経験値やお金をこつこつと稼ぎ、目的の魔法やスキル、武器や防具を手に入れ、強敵をギリギリのところで倒し切る快感。これを巧みに演出するゲームクリエイターの方々の力量には感嘆するばかりです。

しかし一方で、レベルデザインが行き過ぎることによる弊害もあります。プレイヤーの自由度がなくなり、ゲームプレイが敷かれたレールの上を走るだけの作業的なものになってしまうことです。

そんなときに救いとなるのが、ひとさじだけ盛られたバランスの悪い部分です。経験値の多い特別なモンスターを倒すとレベルを一気に上げられるとか、安い食材を料理に変えて売却することでサヤを取ってお金を稼げるとか、そういった要素ですね。

そういった「稼ぎ」は、クリエイターが意図的に隠したものであることもあれば、バグに近い偶然の産物であることもあります。だからこそ、美味しい稼ぎを発見したときの脳汁の放出にはたまらないものがあります。そんな脱法的な「稼ぎ」の魅力を前面に出した作品を書きたい！というのがこの作品を書いたきっかけでした。

さて、この作品ですが、実は既にコミカライズが始まってます。ヤンマガＷｅｂにて、最初の数話と最新一話が無料で読める形となってます。悠人の逃げっぷり、稼ぎの模索、あずきこ様の超絶画力で描かれる麗しい芹香など、ぜひぜひご自身の目でご堪能くださいませ。

ゲームのエンディングでは最後に「＆Ｙｏｕ」となるのがお約束です。ウェブでの連載から変わらず応援してくださっている皆さんがいなければ、この作品が書籍として世に出ることも、コミカライズされることもありえませんでした。比喩でも誇張でもなく事実として、皆さんの応援あってのこの作品です。ときに更新をお待たせしてしまうことや、期待に沿えない展開になってしまうこともあるかと思われる中で、この作品を好きでいてくださることに改めて心より感謝申し上げます。

それでは、次巻でまたお会いできることを楽しみにしています！

天宮暁

ハズレスキル「逃げる」で俺は極限低レベルのまま最強を目指す

天宮暁

2021年11月30日第1刷発行

発行者	森田浩章
発行所	株式会社 講談社 〒112-8001　東京都文京区音羽2-12-21
電　話	出版　(03)5395-3715 販売　(03)5395-3608 業務　(03)5395-3603
デザイン	AFTERGLOW
本文データ制作	講談社デジタル製作
印刷所	豊国印刷株式会社
製本所	株式会社フォーネット社

ISBN978-4-06-526638-0　N.D.C.913　306p　19cm
定価はカバーに表示してあります

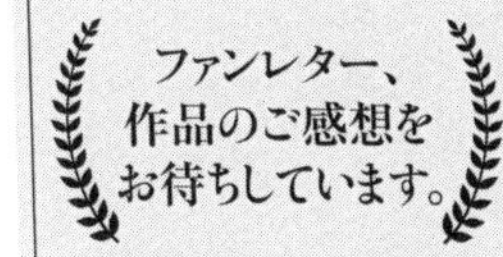

あて先
〒112-8001　東京都文京区音羽2-12-21
(株) 講談社　ラノベ文庫編集部 気付
「天宮暁先生」係
「pupps先生」係

Kラノベブックス

転生貴族、鑑定スキルで成り上がる1～3
～弱小領地を受け継いだので、優秀な人材を増やしていたら、最強領地になってた～

著:未来人A　イラスト:jimmy

アルス・ローベントは転生者だ。
卓越した身体能力も、圧倒的な魔法の力も持たないアルスだが、
「鑑定」という、人の能力を測るスキルを持っていた！
ゆくゆくは家を継がねばならないアルスは、鑑定スキルを使い、
有能な人物を出自に関わらず取りたてていく。
「類い稀なる才能を感じたので、私の家臣になってほしい」
アルスが取りたてた有能な人材が活躍していき――！